西方人文经典译丛

U0500470

小说美学

［美］万·梅特尔·阿米斯　著

傅志强　译

知识产权出版社
全国百佳图书出版单位

图书在版编目（CIP）数据

小说美学 /（美）阿米斯（Ames，V. M.）著；傅志强译.—北京：知识产权出版社，2015.6

（西方人文经典译丛）

书名原文：Aesthetics of the Novel

ISBN 978-7-5130-3364-0

Ⅰ.①小… Ⅱ.①阿… ②傅… Ⅲ.①小说美学—小说研究—世界 Ⅳ.①I106.4

中国版本图书馆CIP数据核字（2015）第041054号

内容提要

西方小说之于世界文学史，犹如楚辞汉赋、唐诗宋词之于中国文学史，其地位非常重要。数世纪来，西方小说家人才辈出、群星灿烂，名篇佳作俯拾即是。本书作者从美学、哲学、心理学和社会学的角度对其中诸多名著进行了全方位解析。是专门以西方小说为课题的美学专著，堪称一部缩写的西方小说史话。

责任编辑：高　超		**责任校对**：董志英	
装帧设计：品　序		**责任出版**：刘译文	

西方人文经典译丛

小说美学
Xiaoshuo Meixue

［美］万·梅特尔·阿米斯　著　傅志强　译

出版发行：知识产权出版社有限责任公司 　　　**网　址**：http://www.ipph.cn

社　址：北京市海淀区马甸南村1号 　　　　　　**邮　编**：100088

责编电话：010-82000860转8383 　　　　　　　**责编邮箱**：morninghere@126.com

发行电话：010-82000860转8101/8102 　　　　 **发行传真**：010-82000893/82005070/82000270

印　刷：北京科信印刷有限公司 　　　　　　　　**经　销**：各大网上书店、新华书店及相关专业书店

开　本：889mm×1230mm 1/32 　　　　　　　 **印　张**：6

版　次：2015年6月第1版 　　　　　　　　　　**印　次**：2015年6月第1次印刷

字　数：176千字 　　　　　　　　　　　　　　**定　价**：24.00元

ISBN 978-7-5130-3364-0

献给我的母亲

致 谢

我要向芝加哥大学的四位哲学家表示谢意：摩里先生为我介绍了哲学，塔夫茨先生使我懂得了美学，梅德先生使我的著作充满了灵感，而阿米斯先生则使我本人充满了灵感。

我还要向我辛辛那提大学的研究生院表示谢意，感谢他们在这本书的出版中提供的帮助。

万·梅特尔·阿米斯

译者的话

小说是人们接触最多、给人们影响最深的一种艺术形式。可以说，任何受过教育的人几乎没有人不曾读过小说，甚至有的人正是从阅读小说的过程中学到了写作技巧、学到了其他有用的知识；另外，有的人由于受到了一部或几部感人至深的小说的影响而改变了自己的人生道路，克服了种种拂逆而走向胜利，小说中的生动人物形象成了他奋斗的楷模。这都说明小说的艺术感染力是强烈而持久的，人们阅读优秀的小说往往能达到废寝忘食的程度。这是其他艺术形式，如视觉艺术（绘画、雕塑、建筑）、听觉艺术（音乐）或舞台艺术（戏剧、舞蹈）所不能比拟的。

但是，"它是一种较晚的现象，它的艺术形式仍在发展，仍然以前所未有的效果、全新的结构和技巧手段使评论家们感到惊奇。"[1]因此，小说美学在美学中仍未受到应有的重视，这是因为西方的美学研究对小说美学未能予以足够重视，因而造成了论述小说美学的著作寥若晨星。现在我们推荐给读者的这部《小说美学》，是目前西方仅见的小说美学专著，很值得我们珍视。这部美学专著以西方小说为分析素材，使读者从一个独到的角度获得借鉴和启迪。

下面我就对本书的某些内容做一简介并试做一点分析。

---

[1] 苏珊·朗格. 情感与形式［M］. 刘大基，傅志强，周发祥，译. 北京：中国社会科学出版社，1986：334。

　　作者是从美学、哲学和心理学的角度，甚至是从西方小说史的角度对小说这种艺术形式进行论述的。作者对小说与其他艺术形式的联系与区别、对小说本身的审美问题，诸如：古典主义、浪漫主义、现实主义、现代主义、个性以及个性的形成、阅读小说的意义和方法、小说对个性的影响、个性与社会现实的关系以及价值与困境的关系进行了细腻的论述。其中还专门讨论了小说与教育，小说与爱情、婚姻，小说与社会科学的关系。作者还分析了小说创作和欣赏中的各种因素、各种差异，力图总结出某种符合历史发展的规律来。

　　作者在进行分析时，大量引证了西方著名小说，其数量之多、涉猎范围之广泛，其引证、介绍之深入细致，可以说不亚于一部引人入胜的西方小说史。因此，在研究某些问题时，作者很善于把这些小说内容与作者本人的论述有机结合，达到一种既有理论、又有历史，二者熔为一炉的程度，使读者很难觉察作者什么时候是在引证、介绍，什么时候是在分析、论证，读来引人入胜，丝毫没有理论著作中常见的"晦涩"。

　　万·梅特尔·阿米斯，1898～1985年。1924年获芝加哥大学哲学博士学位，1924年任美国辛辛那提大学哲学教授和哲学系主任，1966年退休；对伦理学和美学的人文主义思想做出杰出贡献。他一生共发表200余篇美学、哲学和文学论文，主要著作有：《小说美学》（1928年）、《普鲁斯特和桑塔亚那：审美的人生之路》（1937年）、《禅与美国思想》（1962年）和《寻觅简约》（1978年）。

　　尽管作者还不能按照历史唯物主义观点分析小说史料，但是，难能可贵的是作者基本上是能够以历史的眼光来看待小说这种艺术形式的发展、变化的，有些地方也还闪烁着辩证思维的火花。比如，作者在"新型小说"这一章中就指出了新型小说是历史发展的结果，而不是人们的主观臆造。在论述小说和反思的关系时，指出了生活对于小说创作的重要作用。这些观点在研究小说美学时是很有意义的。

　　作者在本书第四章专门论述了阅读小说的各种问题。其中有许多观点很启发人的思维。作者说："一部小说就是一种人生，而最好的小说就是那种能引向最完满人生的小说。"他还说，虽然"小说家并没有解决我们的问题，也没有试图去解决这些问题，因为审美经验是由对价值的单纯沉思构成的，一旦人们试图去解决问题，这审美经验就消失了"，但是，因为作家具有"充满悟性的头脑"，敏锐的目光、深刻的见解，好的作品还是引人入胜的，甚至达到这种程度，"虽然没有人希望生活过得悲惨，但是，雨果的热心读者谁也不会反对与他一起生活在《悲惨世界》中。"

他对优秀作品与低劣作品，对趣味高尚的读者和趣味低下的读者也进行了区别和分析。他指出："那些能在描述基本价值的作品中得到满足的人是不会接触劣等作品的，但是，那些趣味经常被短命的畅销书所污染的人就很难欣赏经过历史检验的畅销书中更深邃的魅力了。"作者认为，那些只关注短暂的或不重要的价值的小说或艺术品是无法获得永恒或普遍的生命的。他还清醒地看到："人摆脱了动物状态，既能变成魔鬼，也能变成天使。最坏的恶和最好的善都属于心灵，而这二者都在文学中得到了最完整的再现。因此，对那些学会了阅读的人来说，他们的灵魂是染于苍还是染于黄都由自己掌握。"此外，作者还用了一定篇幅论述了对阅读小说进行指导的必要性："书籍是生活的指南，因此，不要让书籍把人们引向堕落还是重要的。"他认为人们"在文学的饮料上"不应该在精神尚未成熟时就放纵起来。

另外，作者还指出审美水准也是随时代发展而提高的，但又要有历史的继承。他认为，"由于问题是变化不定的，因此每一时代都必须开列出自己的经典著作书目表，我们绝不应盲目遵循古人的经典著作书目表……但是，如果我们轻蔑经典作品，我们也就丢掉了自己的文化，因为新的经典作品不可能在一夜之间从地下跑出来。"

作者在本书第一章和其他章节的某些段落中还从体育文化学的角度探讨了文学、小说与体育的关系。他指出，"全面发展的人"才更有价值，古希腊的许多学者都是全面发展的人，如索福克勒斯，既是运动员又是诗人。后世的许多学者和大文豪、艺术家也都是全面发展的人，都是"经常从事体育锻炼的知识分子"。人类分为智力发达和肌肉发达这两大类型是"人为和新近出现的事"，作者的论述表明，体育锻炼不仅发达了人的肌肉体魄，也使人改善了或修复了与大自然的关系，"我们热爱大自然，因为它是运动员最好的训练者。"这样一来，人就升华了自身的情操，就发挥了更大的潜在能力。同样，小说家肯定也能从大自然中汲取许多鼓舞人类前进的题材。目前国内外正在兴起的关于体育文化学的讨论说明了作者书中的某些观点经受住了时间的考验。

更值得一提的是，作者写书是在20世纪30年代，但作者已就小说的社会教育功能作了正确的估价。其中某些观点至今仍可借鉴。

作者还从大量西方小说对爱情、婚姻、教育的描写中对小说在这几个方面的审美问题进行了论述。其论述中多有精彩之处，至今读来仍有新鲜感。这也值得我们的美学研究者、爱好者参考借鉴。

由于作者生活的年代，也由于作者世界观的局限，本书有一些观点需要加以慎重研究并给予必要的注意。如本书作者在论述新型小说、即现代主义小说时，过分强调了作家主体性的意义，把自我意识放到了不适当的位置上。他说："在新型小说中，没有什么'人物'。但是，往往有一些独立的个人。这些个人不是根据出身和职业安排的，因为这些东西是不会令人感兴趣的，最重要的是自我意识。社会的一切权威和外在限制都要被带到个人意识的法庭上接受审讯。"读者不难想象，如果我们小说中的人物都消失了，人物形象没有了，那么，小说中除了永远也流不出个方向的意识流之外，还有什么呢？小说这种艺术形式还能存在吗？高尔基曾指出：文学即人学。因为归根结底，"读完一部小说，不论情节多么曲折引人，但是，经过时间的过滤，最后给人留下的主要不是具体情节，而是一个个的人物。"❶

---

❶ 王笠耘. 小说创作十戒［M］. 北京：中国文联出版公司，1986：87.

尽管本书作者的某些观点还需用马克思主义观点慎重思考、分析和批判。但是，总的看来，它不失为一部很新颖的美学著作。

下面我想就本书的版本等问题再做几句补充。本书是1928年出版的，距今已近六十年了，但是，1966年美国古尔迪安（Gordian）出版公司又重新印刷发行此书，可见其并没有因时间的流逝而变为陈迹。特别应该指出的是，当我从北京图书馆借到这本书的时候，发现书的扉页上印有一个长方形印记：“巴金赠书”。当时我的眼睛突然一亮，赶忙翻阅起来，这增加了我翻译此书的兴趣。对巴金先生慷慨捐赠这本书，我在此谨致忠心谢忱。

最后需要提到的是，此书文字虽然平白流畅，但是，其中有许多直接引证法文、德文的地方，令人颇费周折。李天生同志在百忙之中热诚无私地帮助我将其中大段大段的法文（如法朗士小说与《红与黑》的某些引文）译成英文，我又间接译成中文，这使我得以顺利完成此书的翻译，在此郑重向李天生同志致谢。

傅志强

1987年5月16日

目　录

第 一 章

为什么要赞美运动员

人生的第一件大事就是要站立起来，要能走路。在大多数从事案头工作的职业中，生活最基本的事也是身体的敏捷和健全。如果一个人没有力气坐起来，摄取营养，如果他不能扶着公共汽车内的扶手赶去上班，如果他不能整个上午都坐在办公桌旁，他就无法谋生。人首先要能照料自己。最光辉灿烂的人生有赖于身体基础，生活变得越光彩，它的基础也就越应该牢固。原始建筑及其居民都离不开土壤。早期的人类不敢忽视他们的身体基础，那时，身体基础就是他们的全部生活。在动物中间，除了身体健全之外，一切都是多余的，如果把人也看作动物，那么，这个道理也适用。

在男孩子当中，最灵活、最敏捷的就是首领，这几乎完全是由他们的体育才能决定的。到了中学和大学，运动员的威望有增无减，从某种程度上说，这可能是由于体育运动的组织和宣传所致；但主要还是因为身体在人生中占据了突出重要的地位。在成年男子的心目中，受人欢迎的英雄是运动员。职业拳击家是最受人欢迎的英雄，因为他们不同于摔跤运动员、游泳运动员或田径运动员，他们所展示的从头到脚都是健美的身躯。人们一致认为他们的技艺是男子汉的技艺，他们不像那些团体比赛的运动员，需要互相配合。五十万年的种族繁衍都要依赖身体的素质，尽管文明生活为它赋予了新的价值，但仍然没有改变这一事实：在物质世界中生存，第一个条件就是健全的体格。人们最关心的是健康，我们日常的问候语以及我们对病人的同情都表明了这点。我们希望孩子们在智力上和社会上都有非凡的表现，但是，我们首先希望的是他们健康、强壮。除去希望孩子们健康之外，我们也都希望老人强健平安。我们都愿意孩子们的身体条件能够适应未来的人生，也愿意老人能够益寿延年。在人生的各个阶段，无论是风华正茂还是垂垂迟暮，健康都是幸福的标志。因此，健康本身已经成为一种优点，甚至当人的身体实际上已不仅仅是健康的，而是过分发达的时候，健康也是幸福的标志。就像那些身体已不适于实际生活的运动员一样。尽管大多数人并不够强壮，但是，当他们看到运动员高度发达的体魄，看到米开朗基罗的裸体雕像时，他们的精神也会感到振奋。

就像超乎常人的体力一样，在一些没有实用价值的表演中表现出来的罕见技巧，也会受到相对而言是笨拙的不协调的人的羡慕。健康是如此宝贵和不稳定，我们对自己的身体是如此敏感，甚至我们在事业上和社会上取得的任何成功都不能使我们对自己拙劣的高尔夫球技和可怜的比分感到宽慰。无论一个人有多么聪明和伟大，他都像一个小学生那样感到身体上的无能比任何其他笨拙表现都更令人感到荒唐可笑。一个男孩子在算术或音乐方面表现出的天赋也许会为他缺乏体育运动能力的弱点带来一些补偿，就像一个成人的睿智或显赫也会带来一些补偿一样，但是，这种补偿往往很可怜。

富于理智的希腊人能够从美丽的人体得到欢乐，这说明他们已经认识到人生的一个基本事实："无论我们的人生追求有多么周密，多么'崇高'，它从始至终都离不开机体的适应。"❶罗马人也知道健全的思想必须寓于健全的机体，但是，他们不懂得希腊人的中庸之道。他们不是欣赏奥

---

❶ 引自伊丽莎白·肯佩尔·亚当斯：《审美经验》，第47页。

林匹克运动员的和谐发展，而是沉溺于斗士们凶残的力量，这样一来就导致了基督教对人体的否定，而这一否定又为文艺复兴的蓬勃发展和当代的体育精神开辟了道路。

现代教育对体育运动的重视是与文艺复兴时期意大利的教师们努力教育学生要有希腊人的体魄，以及希腊文和拉丁文的学问一脉相承的。但是，我们已经走入这样一种极端，我们的教育机构所作的宣传大部分都以他们的运动员作为广告，并关注这些运动员，另外，这些教育机构的体育部门在教学效率和教师水平上也超过了其他部门。体育教学的价值是显而易见的，但是，放弃了对智力的追求而代之以过度的肌肉崇拜则是危险的。体育运动的魅力可能来自下面这一事实：那些热衷于体育锻炼而忽视智力锻炼的人很可能都是些无忧无虑、漂亮潇洒、令人愉快的人，这比那些苦思冥想的人更容易结为朋友。那些大脑中枢神经被现代生活过分压抑的人，看到整日与阳光和清波为伴的游泳运动员，看到欢乐的孩子们，看到孩子般生活的海岛居民时，看到他们黝黑的面孔和光彩夺目的身体肯定会感到精神焕发。

马塞尔·普雷沃告诉我们，把人类分为智力发达和肌肉发达这两大类型是人为的，是新近出现的事："索福克勒斯是个全面发展的人，他既是运动员又是诗人。同样，马克·奥勒留、蒙田和歌德也是全面发展的人。有许多现代艺术家和博学的人也是经常从事身体锻炼的知识分子。"❶ 无论如何，这一事实说明了在社会中、在电影中、在小说中（唯一例外的可能是函授学校）头等重要的条件就是良好的体态仪表。任何其他条件都会增强它的效果或补充它的不足，但没有任何条件能够取而代之。这在异性的互相吸引中表现得最为明显，尽管人类一切关系的最基本因素可能都染上了性的色彩。也许有人会提出反对，人的智力或精神特征要比性的特征更

---

❶ 见《艺术学习》（*L'Art d'apprendre*），第161页。

重要。比如，有人说，在情场上，一个患结核病的诗人甚至可以把运动员击败。其原因就在于：这位诗人对健康的令人怜悯的希求已经引起别人更强烈的同情。事实就是：这位诗人的吸引力归根结底还是由身体状况引起的，这与运动员的吸引力完全一样，只不过情况正好相反罢了；另外，他还具有由想象力引起的魅力。于是可以说：如果人们真的把理智放在了第一位，那么，运动员就容易取胜了，因为他那尚未发达的头脑比起他那神采奕奕的身体是非常可怜的，以至任何心地善良的姑娘都会对他而不是对那身体虚弱的诗人表示更多的同情。但是，没有任何人对头脑简单的运动员表示怜悯，反之，任何人都对可怜的诗人表示关切。因此，可以说肌肉比精神更重要。那么，为什么人性中任何肤浅的缺陷都不能像那位诗人一样赢得我们的同情呢？其原因就是：那位诗人能细腻地体会他所缺欠的东西，他歌颂英雄，歌颂神祇和天使，他对身体尊崇备至，都是对他的折磨。可以看出，如果不是生命的金色潮流痛苦地抛弃了他，他会成为一名奥林匹克运动选手的。反过来，住在贫民窟的乞丐充其量也只会成为一名运动员。但是，对一个只能作一名超级运动员的奥林匹克运动选手又如何解释呢？因为在想象中那位诗人最终被人看作一名比我们所羡慕的任何运动员都优秀的运动员。

这样一来，由于把肌肉的完美与理智的完美都推向了极端状态，并对它们的魅力做了比较，我们就可以看出谁是"全面发展的人"，是运动员还是诗人？而"全面发展的人"才更有价值。但是，为什么人类更爱以动物的体魄而不是人类的心智自傲呢？其原因就在于：人类只用了五千年的时间来建造城市和文明，而为建造一个能适应露天生活的躯体却用了五十万年的时间。人类的生存环境是一种未经修饰的自然：人类要在这里生存，而只有在这种自然之中，人类才能充分发挥自己天赋的能力。

我们热爱大自然，因为它是运动员最好的训练者。首先，大自然锻炼了运动员，随后，它又使他们保持了最佳状态。我们的各种官能都要适应大自然的活动，我们的视觉要适应自然光线，我们的听觉要适应自然声音，我们的双腿要适应自然距离。我们就像学校里的孩子，就像牢笼中的野兽，以同样的渴望冲向那种族遗传记忆中的环境。我们向往着森林，向往着江河溪流，向往着高山。

本韦努托·切利尼 ❶ 在他的《回忆录》中根本没有提到他穿越瑞士的旅行中遇到的美丽风光，佩特拉克成了第一个为旅游而登山的人，这使我们感到有些奇怪。同样，现代人尽管对大自然抱着深沉的爱，但是，对北极的风光却几乎没有欣赏能力。这是因为人类从来也没有充分地适应北极的生活，因为自然中对人类来说是最美丽的那一部分往往已经成了他们的家园，尽管由于人类能够随遇而安，几乎任何地方对他们来说都是美丽的。然而，那些不适合人类居住的地方往往不是美丽而是雄伟庄严的，因为它们对人类是冷漠的。阿尔卑斯山对切利尼并没有吸引力，因为切利尼认为它仅仅是阻挡他前往法国宫廷的一道障碍。在斯蒂文森看来，阿尔卑斯山白雪皑皑的光芒并不美丽，因为他气喘吁吁，这些大山对他来说简直就像牢房的四壁。现在，高山吸引着那些精力过剩而有闲暇的人们，为他们提供了一个令人愉快的锻炼机会，但是，在佩特拉克以前，登山只是与战争讨厌地联系在一起，除了奥林匹斯山上的神祇之外，它不可能被当作消遣。至于奥林匹斯山，希腊人自己并不希望住在那里，但是，他们在那里为死去的正直灵魂设想了一片平坦的极乐世界（Elysian Fields）。然而，我们的生活是平坦的，高山的壮观使我们升华起来，对我们来说，四周的毗斯迦山 ❷ 就是上帝应许的乐土。

达·芬奇是第一个画风景画的画家，但是，他肯定不是第一个热爱风景的人。任何人读了荷马的《大地颂歌》或圣方济各的《太阳颂歌》都不能否认其中对大自然的热爱。如果说这种情感现在更为普遍了，那是因为人类已经与他们的母亲——大自然——分离了，在城市中找不到她了。

7

---

❶ 本韦努托·切利尼（Benvenuto Cellini，1500~1571），意大利佛罗伦萨雕塑家，金饰匠和作家。他的作品题材广泛，技巧熟练，但有风格主义倾向。代表作有《金盐罐》和《基督像》，著作有《回忆录》。——译者

❷ 毗斯迦山（Pisgah），《圣经》传说摩西从此山眺望上帝赐给亚伯拉罕的迦南地方，即上帝应许的乐土。——译者

人们要到乡村去寻找她，要把她带回城市，要在公园里与她一同散步，人们要用绘画和文字描绘她，人们甚至在以前并不欣赏的领域中渴望着大自然，就如斯蒂文森关于那些令人不愉快的地方写的散文所表现的一样。简言之，大自然的一切都变得美丽了。我们喜欢山峦，因为它们崇高，我们喜爱草原，因为它们辽阔；我们喜爱风暴，因为它们使人振奋，我们也喜爱平静，因为它们能慰藉我们的灵魂。诗人作诗，只要对大自然进行描绘就行了，诗人只需讲述他是在何处看到大自然，她是如何排列的就行了。至于诗节和韵律是不必要的，因为，如果诗人用散文来抒写他的情感，他的词句就会像穿越林莽的密西西比河一样汹涌澎湃，而那些有韵律的诗句要在诗人有灵感时才能出现，就像夏多布里昂的诗句一样。

　　大自然中最令人神迷的地方就是大海，因为大海是生命的起源。人类就是从大海中冲刷出来的，我们像海滩上的波浪又被牵引回去。我们喜爱大地，因为大地养育了我们；我们热爱大海，因为大海是我们的出生之所。我们永远也不会与水绝缘，我们机体中的每一个细胞都必须浸泡在水中，否则就会死亡。无论我们走向何方，我们都离不开水；在沙漠的绿洲中我们要寻找水源，我们要向露珠和雨水祈求，我们要像吉迪恩❶的男人那样跪在河中，我们的花园要靠浇水才能变得美丽，我们的别墅要建在水旁。世上最生机勃勃的事就是纵身跃向水中，就像忒提斯把身体浸入斯梯克斯河时体会到的一样。遇到溪流是一件幸事，遇到大海则是一件不可言喻的幸福。没有机会走向大海的人，应该读一读康拉德的《海的反映》、洛蒂❷的《冰岛渔夫》、达纳（Dana）的《桅杆下的两年》和麦尔维尔的《莫比·迪克》。大海就像高山一样，对我们是一种挑战，是对我们冒险精神的一种挑战。大海隐藏着神秘的怪兽，大海把我们引向异国他乡，引

8

---

❶　吉迪恩（Gideon），以色列民族传说中的一个法官或英雄，相传他拯救了以色列人。——译者

❷　洛蒂（Pierre Loti，1850～1923），法国作家，1887年进入海军学校，嗣后开始了42年的海上生涯。他创作了40余部小说，其中最著名的是《冰岛渔夫》（1886）。他文笔朴实无华，赢得了世界声誉。——译者

向繁华之域。从她那广袤无垠的地平线上，我们的家园也获得了天空宁静的魅力。但是，从荷马到康拉德，他们写的大海故事为什么能使人爱不释手，其真正原因就在于人类对自己的摇篮带有一种无意识的怀恋。斯温伯恩在他的《游泳谣》中就抒发了这种对大海的情感。

　　　　游泳谣
大海苏醒了，星辰从近处退向荒阔的海滩，
大海欢乐的歌声滚滚如潮，飞向岸边。
她的呼唤有如号角，召唤我们归去。
黎明的海边料峭生寒。
难道我们不应该向大海寻求魅力，去把炽热的生命重新点燃？
大海的呼吸使我们振奋，
大海的胸膛使我们摇荡，
大海的亲吻使我们得到往昔的祝福。
啊，海风，张开了翅膀，悠然高悬在天空，
吹向大海，掀起阵阵欢笑，我们满心欢畅。
清晨的天穹下，波涛轻柔地流向远方。
太阳升起了，光华万丈，欢乐无疆。
我挥动臂膀，从岸边扑向浪花激起的浮沫，
来慰藉心中的饥渴。

生命每一时刻都同样美好：
过去是已经结束的故事，
未来是点缀着阳光的阴影，
无论是生还是死，前面都有祝福。
一旦重新回到水中，我们便手舞足蹈，
我们的神魄早已飞向大海，虽已卸去重担却仍是那样痛苦。

9

我们的灵魂、我们随意摇摆的身躯，

沉浸在令人向往的生活里，

沉浸在没有负荷、没有压力、不用屈服的生活里，

沉浸在万物谱写的融融大乐之中，

沉浸在灼热力量引发的宁静或浮动中，

你随我，我随你，游来复游去，

我挥动臂膀，从岸边扑向浪花激起的浮沫，

来慰藉心中的饥渴。

人虽然不过是沧海一粟，他的心儿却充盈寰宇，

大海这个名字令人欣欣欢喜，就像母亲讲给孩子的儿语，

孩子啊，你的生命不就是我的生命，

我的精灵不就是前人的真气？

难道我没有把你的孱弱升华为我的力量，

10　没有把你的愚蠢变为我的智慧？

难道我不曾平息你的怒火，给你更多欢乐？

你的心儿会承认：我生命爱情的光芒已经把你照射。

大海比大地、比太阳都更美丽，就连风儿也没有大海欢乐：

我在青春时代就穿过海湾，就攀上海边的山崖，

大海就赐给我无穷乐趣。

今天我又偕同情侣造访大海，

盼着海的黎明、盼着海的欢歌，

我挥动臂膀，从岸边扑向浪花激起的浮沫，

来慰藉我心中的饥渴。

使　者

朋友，大地是躲避寒冬的避风港，

是掩身退却的伪装。

白天是夜晚的臣仆，主人的力量多么坚强。

但是，这里才有我们崇仰的风采，有我的希望。

大地虽然有我要攀的山崖，有我要踏上的征途；但是啊，

我们还是挥动臂膀，从岸边扑向浪花激起的浮沫，

来慰藉心中的饥渴。

因为土地和海洋与我们有着不可分割的关系，大地景色和海上风光才是美丽的。另外，由于尘世也无法离开天空和星辰，所以，太阳对我们就特别重要，太阳在大海中用温暖创造了生命，又在陆地上养育了他们。1923年7月乔奎因·米勒的女儿乔万尼塔·米勒正式与太阳举行了婚礼，但是，实际上所有生物都与太阳缔结了婚姻。黑暗就是死亡，黑暗一直掩盖着悄悄袭来的死亡。人类首先寻找的是火，因为火就像天上的光明，它驱散了黑暗。火也像水一样是人生不可缺少的，它本身是生命的象征。 *11*

由于我们先天对大自然的适应，我们被引向了大自然；因为运动员接近大自然，我们对运动员赞美不已。我们对大自然、对运动员的兴趣不是超然的。我们喜欢他们，因为他们健美，另外，还因为他们的形象使我们也变得健美，正如我们崇敬圣者，不仅因为他们神圣，而且因为通过他们的榜样，我们的生命也得到救赎。柏拉图问道："与一个人进行了虔诚的谈话，谁能不生模仿之意？"我们甚至从对动物和运动员的模仿中也能获得拯救。一只悠闲的老虎，一头酣睡的雄狮，一只欠伸的小猫，以及游泳者舒畅的姿势，跑步运动员轻松自如的步态，舞伴们优雅的舞步，都像一个静谧的圣者，使我们沉静、振奋，使我们得到慰藉，也得到信心，调节了我们疲倦的神经、恢复了我们生命的本原。

第 二 章

我们同样赞美艺术

12　　我们赞美艺术的原因与赞美大自然和运动员的原因是相同的，就是说，艺术也能使我们振奋。人就像一件弦乐器，当被演奏时，有一个能够做出各种反应的结构或机构，其中有些比别的能够更好地表达他的本质。❶那些在人身上引起与其本身最和谐震动的印象都是来自美的快感，德国人对移情作用（Einfühlung）的研究表明了听觉和视觉上的快感主要是由于无意识地伴随着间歇与平衡而产生的，有些景象和声音妨碍了这种伴随，有些则促进了这种伴随。因此，人们就"喜欢某些形象（独立于它们所表现的东西），并把它们称作美的，而不喜欢其他的形象，并把它们称作丑的……这就是美的本质——这种性质能够激励人类机体与自身的气质协调。"❷

　　美的这种性质在广阔的世界里、在江河湖海、在森林、在高山会加倍地显现出来。首先，因为那里的空气是清新的，在那里身体运动的机会也
13　是多种多样的，其次，在那里还有无数令人愉快的形状和形式。尽管园林设计师通过对大自然最令人喜爱的特点进行选择、安排，甚至能够把这种

---

❶ 参阅立普斯：《美学》，第一卷，第9页。
❷ 引自E. D. 波弗尔：《美的心理学》，第15页。

美集中起来，然而，在大自然中，美的效果往往是混淆和分散的，而在园林中，就可以对它们进行组织和约束。园林的规划使人们的视觉运动得到调节，而这种调节又愉快地伴随着对呼吸和平和心境的深刻调整。同时园林的界限也限制了人们的视觉，使视觉停留在不致引起疲劳的范围之内，它一次又一次地把视觉引到迷人的布局之上，这种布局既令人兴奋又令人松弛，因为它们是自由的，但不是漫无边际的。

我们所看到的东西，无论是一座园林，一座建筑还是一座雕像，它们的美都不在这些东西之内，而在这些东西使我们产生的视象之中。在画布上面，除去并排排列的色彩之外，什么也没有：艺术品存在于心灵之中。艺术家置入对象的只是艺术品最初步的基础而已。如果没有观察者的知觉，经过开凿的大理石肯定再也不会成为我们的情感和想象的对象了，只有我们的科学性思维才能对此进行检验。[1]物质性的东西只是再现美的事物的辅助手段，由于省略，人们才把它们的本身当作了美的东西。[2]

于是这里引出一个问题：人们为什么把审美快感与对象联系起来？答案就在审美态度与整体经验之间功能性的关系之中。习惯性的观点认为审美态度除去自身之外是没有用途的。然而，从逻辑和历史上看，审美的价值总是从问题当中显现出来。没有问题，也就不存在审美价值，因为审美价值是解决困难情境的启示。我们的行为经常处于调整之中，因此，我们要不间断地（如果是无意识的）寻找从感情上能使我们行动起来的那些启示或价值。甚至生活中的惊险也显示了它就是对意外事件之永恒的预期。我们都必须承认里吉·提吉·塔维（Rikki-Tikki-Tavi）的"特殊摇荡和摇摆的运动。它看起来很可笑，但它是一种极为平衡的步法，无论选取什么

14

---

[1] 沃尔凯尔特：《美学体系》，第一章。
[2] 克罗齐：《美学》，第107页。

角度，你都会飞离出去。"❶假如生活是静止和麻木的，假如常规和习惯尚未打破，我们就不会感到审美紧张（Aesthetic thrills）了，而当我们心怀疑虑，身处困境时，当一条出路闪现在我们面前的时候，我们才会感到审美紧张。对出路的暗示、即将获得解脱的信息、对宽慰的期待、对自由的允诺，这些才是审美经验的本质。

当法蒂玛在蓝胡子的弯刀下跪着的时候，听到了她姐姐安妮从城堡的塔楼上喊道，天边出现了一片云朵，飞快地移动着，那是一群骑马的勇士，她的兄弟们前来搭救她了！在戏剧终了的时候，第四个人与二十个被缚的人一起下场了，这时卫队安全地从后面包围过来，当干涉者把顽抗的人收拾掉的时候，观众报之以雷鸣般的掌声。当一群控告的人放下了手中的石块，并且让这个女人和主耶稣单独在一起，主耶稣说："我不会定你的罪，去吧，从此不要犯罪。"在天主教堂或在书房、花园的宁静中，在沉思的时候，那时"街头的喧嚣"突然停止了，紧张得到了松弛，我们也就得到了力量。有时甚至在大街上也会体验到这种审美经验。比如，当我们全神贯注地做事时，突然在通往大马士革的路上遇见了保罗。

神秘的幻象就是审美经验的最高形式，就是对最高价值进行的沉思，这些都是对宇宙本身的问题所做的回答。不仅神秘的经验是审美的，而且任何审美的经验也都具有某种程度的神秘性。它往往逃避了尘世而与理想相交流。美绝不像其他事物那样存在，它绝不会真正降到一般水平，尽管在某种情况下，它会以它们的本质、它们的含义而存在。虽然美是大地养育的，但它的根仍来自神祇，在它的周围翱翔着天国的辉光。在它的道路上铺满了鲜花，人们看到这番情景，兴奋异常，他们认为天国和尘世短

---

❶ 参阅吉卜林：《丛林故事》，第190页。

❷ 罗德亚德·吉卜林（Rudyard Kipling, 1865～1936），是20世纪英国享有盛誉的重要作家。他的创作十分丰富，有长篇小说、诗歌、游记、儿童文学、随笔、回忆录等。其中尤以短篇小说的成就最为突出。《里吉·提吉·塔维》是《丛林故事》中的一个短片。——译者

促的人生都是有价值的。美就像海伦一样吸引了所有的视线，使人感到神奇，但是，它也像海伦一样是不能完全被人们掠去，被人们占有的。当人们鲁莽行事的时候，美就像幽灵一样隐去，因为，尽管每个人都隶属于美，但是，美却不隶属于任何人。美并不存在于对象之中，尽管有些时候，美能够改变对象，因为正是我们看待对象的方法才使对象变美的。当问题像一阵向上腾飞的风暴出现时，它就会吹散乌云，让人们好像第一次看到它们而感到大吃一惊，然而，如果人们出手捕捉它们的美，它们又像彩色的肥皂泡一样消失得无影无踪，除去吹管和肥皂水之外一无所有。一切美的寻求者必须把艺术博物馆中的标签"请勿触摸"（*Non Toccare*）奉为自己的箴言。仅仅是小心翼翼还不够，我们绝不能动手触摸，在美的面前，甚至呼吸都应该停止。 *16*

尽管审美经验往往是自发的，好像是从天而降，但是，艺术也能把它触发。理智的精髓就在于要掌握大自然，要发现快感体验的条件，以便能够随意重复它们。但是，如果预想能够随心所欲使它们出现，却把最有价值的东西留给偶然，这是不明智的。在一定情况下，人们自然会产生某些想法，但是，如果没有教育制度，这些情况也是不固定的。处于某些情绪，人们自然会产生宗教情感，但是，如果没有教堂，这些情绪就不会稳定。在需要的压力下，人们自然是勤奋的，但是，如果没有组织，他们的勤奋也是靠不住的。确实，对人来说任何东西都可以自然地通过理智可靠而尊严地获得，美感也不例外。

要理智地对待美感，我们就必须发现我们能够认识美感的条件，确定它在我们生活中的地位和功能。美感是属于那种不用有意识控制而自动奔流的直接的、习惯经验之流呢？还是属于那种如果没有积极注意和沉思的帮助，习惯就不能与其相遇的困境呢？由于美学家们都承认审美态度不是消极的而是积极的，都承认审美态度包括了意识，甚至明显地包括了自我意识，所以它肯定属于人生中的困境而不属于顺境的。如果不是打破了无意识性的习惯，意识、积极注意和认识是不会出现的，而习惯如果不是面 *17*

对着过于强烈的新奇转折也是不会打破的。如果审美经验需要意识，那么它就只能出现在困境中，因为只有在这里意识才能出现。但是，正如杜威所分析的，这种情境有几个阶段，而问题在于哪个阶段是审美经验的基点。首先，由于对困难的最初意识，习惯动作中断了，而这些困难也许不过就是一种不舒适感，随之出现的是对情境的思考，在此阶段，对困难做出反应的意向，解决困难的暗示都涌现出来。再下面就是对这些暗示进行推敲，并使之形成一个设想，最后是对这一设想进行验证。（杜威在首先出现的无意识习惯的中断之后加入了另一个阶段。他说，在这一阶段中困境得到确认和阐明，但是，他承认这一阶段常常被忽略，他还承认并不需要对困境进行过多的分析，暗示就会出现。）现在可以看出，审美经验是一种积极的注意，但它不是一种严格的思考和推理。因此，它只能出现在对困境有所感觉和对困境进行了思考这两个阶段之间。审美经验就是在一18个设想形成之前或打算解决困境之前，对困境中各因素进行的最初思考，而这些因素乃是对困境及其价值做出反应的暗示。

　　当习惯动作受到困境阻碍的时候，就会产生审美态度，它出现在思考尚未介入之前的间隙中，此时，价值只是为了其本身的原因才受到人们的注视。无论有多么短暂，只要遇到了困境，就会出现审美态度。但是，这种困境也许是为了其中包含的审美态度而有意创造出来的，也许只为了审美享受而通过艺术安排和提炼出来的。艺术是一种可以阻断漫不经心的习惯进程并使我们对困难的价值做短暂思考的手段，它还可以用把我们的注意引向这些价值，并在这些价值中扩大我们的快感的方式使这些价值具体化。人为的审美效果也非常强烈，同样，它似乎也是从天而降的，因为它安排得越理智，它也就显得越自然，越是不可避免。

　　由于审美经验是对价值的思考，周密思索一下什么是价值是有好处的。价值既不是纯客观的，也不是纯主观的。正如海德指出的，价值是对象与主体之间的一种关系，其中包括了快感，也包括了有一定深度的情

感。❶但是，为什么存在这种关系，为什么要包括快感和有一定深度的情
感，这是重要的问题。如果我们从困境的角度来看这个问题，答案似乎很
清楚。在这样的困境中价值就是资料，就是不同的因素，它们就是解决困
境的线索，它们只能出现在这样的背景之中，而困境一解决，它们也就消
失。价值的真正基础就是问题。如果这个问题持续时间很长，那么，与其
相对应的价值也要持续很长时间，如果这个问题是普遍性的，那么，与它
相对应的价值也是普遍的，如果这个问题是局部的或暂时的，那么，它的
价值就更是局部的或暂时的。除去某种类型的问题以外，价值本身没有任
何种类。食物的价值是与解决饥饿的问题相对应的，桥的价值是与渡河的
问题相对应的，朋友的价值是与对友谊的需求相对应的，火炉的价值是与
对温暖的需求相对应的。对各种价值的思索本身就是审美。但是，当人们
超出了对它本身的思索，而去考虑如何得到这种价值，如何在实际中去获
得它，那么，人们也就超出了审美的阶段。艺术家所做的就是使价值客观
化、固定化，他们能使我们更敏捷地注意到价值的本身。读者也许会继续
对价值进行思索并试图完善这些价值，但是，这不是艺术家的主要职责，
这超出了他们的画面，超出了他们小说的结局。

　　艺术家绝不仅是再现（represent）价值，他同时也在表现这些价值。
艺术家的绘画也许再现了爱情，但是，它也表现了色彩、光线、线条和阴
影，实际上，它不是向我们再现了这些价值，而是向我们表现了这些价
值。它们使我们的视觉得到了快乐，而且，它们的构图与和谐使我们全身
都得到宁静与协调。一幅绘画中的这些价值，在很大程度上取决于我们机
体的性质，取决于其过去的经验、现在的状况，取决于它是需要慰藉还是
需要激情。然而，这些需要是永存的，就此而言，那些满足了这些需要的
艺术品也就具备了永存的价值。无论我们的外部情绪如何，我们的本性几

❶ 见约翰内斯·艾里希·海德：《价值》（哲学基础），1926年。

乎总是不变，同样，无论现在有什么作品使我们着了迷，总有一些作品还会赢得我们持久的喜爱。

价值与人类是一样复杂多样的。我们也许由于饥饿而对食物产生爱好，但是，食物的色彩也许会吸引我们的注意，食物的形状和排列也许会满足我们对形式和造型的需求。同样，一座桥除去其具有明显的渡河价值外，它带弧度的轮廓和外表也许会引起我们的赞美。再有，一个火炉除去其本身的审美吸引力外，如果我们感到寒凉，那么，它的设计也许会向我们展示一种魅力。最后，我们的朋友，除去其本身给我们带来朋友的愉悦以外，还会在其他方面（比如：他优雅的体态，他优美悦耳的声音），给我们带来愉悦。这些附加的价值正如其他的价值一样，都是真实的，甚至往往更真实。因为，当我们已经不再饥饿的时候，当我们已经不需要渡河，不需要温暖，不需要看到朋友的时候，这些附加价值依然存在。因为，事物在形式、形状和造型中的平衡与和谐，在我们这些长着两只眼睛、两叶肺、两条腿的左右对称的人看来，具有永恒的价值，而且有生以来，色彩、声音、趣味、味道和感觉就对人类有一种有价值的影响，当它们给我们刺激的时候，我们就根据自己的个性对它们做出和谐的反应，而这些因素也会或与其他价值一起或是独立地对我们发挥作用。

价值，只要它属于审美的范畴，就必须从其本身的角度对其进行思
21 考。这就要求悠闲并从那些产生了价值的真正问题的压力下解放出来，否则，我们就会发现：我们匆忙地错过了美好的时光而陷入到思虑之中，而后又把它们转为行动。于是，我们也必须学会去寻求我们所需要的价值，而不是等待它们找上门来。我们必须走向大自然，我们知道在那里我们必须放慢匆忙的、习惯的生活，把美吸收进来。我们必须到艺术博物馆去，在那里，艺术品将会吸引我们并把我们带入理想的世界。

我们必须向艺术家学习以便在任何地方去发现美，去用佩特❶的坚实的、闪着珠玉之辉的火焰使我们燃烧起来。正如佩特所说，从某种意义上讲，我们生活中的失败就是形成了各种习惯，他说："归根结底，习惯是与因循守旧的世界相连的，同时，只有粗略的眼睛才会把任何两个不同的人物、事物、情况当作一回事……某些激情的态度，对我们周围的各种时刻都不加区分……在有冰霜和太阳的短暂冬日，竟然在黄昏之前就昏昏入睡了。"❷

　　为了世界上的工作，我们中的大多数人最好在黄昏之前打一些瞌睡，因为那些对美保持清醒头脑的人，对工作、对执行计划、对追求某一目的就会昏然入睡，因为这一切要包括一个程序、包括有规律的、置美于不顾的习惯。工人、企业家和争强好胜的人不可能保持一个观察者、一个唯美主义者、一个普鲁斯特式的态度。作为意志和行动的世界不同于作为理念和沉思的世界。过意志性生活就如同睡眠，因为这种生活既不了解其本身又不了解别的任何东西：它仅仅是一种生活而已。

　　然而，在审美经验与其他经验之间并无绝对的鸿沟。当一个人听完音乐会回到家中，或者当他读完一本小说时，美的效果是不会蒸发的，在最繁忙的日子里美也会有时断时续的冲击，人们会不停地思念着他心爱的事物，正如一个职员会不时地看看手表壳上的图画一样。任何工作团体都不会毫无喘息地工作下去，甚至不能点一下烟斗，不能抬头望望蓝天，任何办公室也不会禁止人们向窗外看上一会儿，或禁止人们思想上走一会儿

22

---

❶　沃尔特·佩特（Walter Horatio Pater, 1839～1894），英国作家、批评家。1873年出版《文艺复兴史研究》，提出"为艺术而艺术"的美学主张。他还著有著名哲学小说《享乐主义者马里乌斯》（1885），此外还有论著《想象的肖像》（1887），《鉴赏集》（1559），《柏拉图和柏拉图主义》（1893），《希腊研究》（1895）和自传性作品《家里的孩子》（1874）。他的美学思想对王尔德的思想和创作有较大的影响。他的散文严谨认真，功力浑厚，在语言上力求完美和谐，但风格过于雕琢。——译者
❷　参阅沃尔特·佩特：《文艺复兴的终结》。

神。神秘主义者说，无论这种时刻有多么短暂，关于这种甜美时刻的记忆
将会永志不忘。通过一瞬间人们也许会看到永恒的东西，正如通过树上的
节孔（knothole），人们也许看到了高高的天空，而人的一生尽管漫长，也
还会记住这种时光。

　　确实，审美经验只能作为非审美经验中的一个阶段而存在。它是由对
价值的思考构成的，而价值是对问题的回答。因此，如果一个人能遁入理
想的境界，就如桑塔亚纳所想的那样，●那里没有问题等待人们去处理，因
此那里的闲暇也就不能用从大量的艺术中得到的享乐来占有。桑塔亚纳认
为，艺术，作为只能从困境中引申出来的价值的再现，对于理想境界中的
人们是毫无意义的。过这样的生活，比起拼命不停地工作和努力奋进，肯
定会更像黄昏前的入睡。在纯艺术的王国中没有艺术，正如纯理念的王国
中没有理念一样。如果把审美态度从其作为与困境对应的一个侧面的逻辑
性和功能性的位置上抽取出来，它马上就会失去味道，就会消失。神秘主
义者对可以想象的最高的美进行了沉思，他们发现他们只能从偶然对美的
直接洞察中达到出神入化的境界，而且，他们发现他们绝不能保持这种境
界。几乎所有的神秘主义者都不再做此尝试，转而去建立教派、去建造医
院，他们看到，通过发现问题而不是回避问题，他们才能更接近他们美妙
的理想。同样，任何人都有这种经验，从其所由产生的活生生的环境中把
美抽取出来，美就会枯萎，唯其如此，在博物馆之外，美往往会更生动、
更真实，因为在那里美是自然地显现出来的，而不是人为地追求的。浮
龙·李（Vernon Lee）谈到她一次又一次地到佛罗伦萨的美术馆去寻找审美
刺激，但是一无所获，有一天，她精疲力尽，打消了这个念头，在洗礼堂
内的一张长凳上坐下来读报。偶然之间，她目光一瞥，地板上的涡旋式样
抓住了她的注意力，这种式样的美使她感到一种刺激。这就是说，美就像
快感一样，要想得到它就必须忘掉它。

● 参阅《美感》，第30页。

　　快感是伴随着对适当对象的希望的终结而来的，审美快感也不例外。在以困境为主的情境中，审美快感是伴随着对价值的设想而来的。我们刻意寻求解决问题的启示，而当这些启示出现时，我们也就体会到审美的快感。在这一时刻，困境的解决已露端倪，但我们的抗争尚未停止，只是由于对完善的解决办法的思索而停顿下来、沉静下来。单独讲起来，抗争和僵持都不是审美，完满结局也不是审美，但是二者的结合却构成了审美经验。这就是美学家经常谈论的恬静中的刺激（the stimulation in repose）。当人们从困境的角度进行解释时，这一短语才具有真实的含义。除去一个问题带来的刺激以外，世界上将没有抗争，没有努力，没有扩张，也没有表现。同样，除去思考如何解决问题以外，世界上也没有静止，没有奋进中的松弛，没有扩张的界限，我们的表现也就没有形式或形状。这正是表现与艺术形式的重要关系。表现本身并不真是表现，它只是一种驱动和喷发，同样，形式本身也并不是形式，它只是一个没有生命的间断，一个停顿。但是，当它们结合在一起去创造美的时候，它们又恢复了原形。而这样的结合只有在下列情况才会出现：当机体的盲目冲动在问题压力下转变成对解决的一种意识时，因此出现一个间断，一种平衡时；当冲动的粗犷动势受到理性的阻拦和指导，变得和谐和沉静的时候，当本能转变为洞察的时候，甚至当白壁德的生命约束（frein vital）被用于柏格森的生命冲动（élan vital）时 ●，都会出现这种结合。

　　我们可以证明克罗齐是正确的，他说：美只是形式，除此之外什么也不是，而形式则只是表现，除此之外什么也不是。对问题的盲目反应，只有通过对后果的思索而得到和谐、平衡，被赋予了形式时才能成为真正的表现，换言之，表现和形式是同一事物，那么，还有什么是美呢？美是一种目的或一种意图对反应的自发控制。正如康德所言，美是必然中的自由。美对我们的刺激总是新奇、自由的，同时又是不可避免的。它的新奇

24

25

● 参阅欧文·白壁德：《新拉奥孔》，第212页。

来自困境的独特性，它之所以不可避免是由于人们必须用一定的方法去处理一定的问题。每个问题的解决都是某种新奇的东西，但是，它总是由此问题中的诸因素决定的，而不是由别的东西决定。就其偶然性和不受指导的情况而言，对每一问题的反应最初都是自由的，但是，当对问题的诸因素进行洞察时，这反应就要受到理智的约束。美是无意识反应与有意识反应的结合，问题在后面驱动着无意识反应，而解决的方法则在前面决定着有意识反应。美是叔本华的意志世界与他的表象世界的结合——意志一直在奋求，但它的奋求受到了约束。正如黑格尔所说，当希望作为理念来到人们的面前时，希望就缓和了，激情也减退了。当目的接近时，当价值（在结尾时将达到完美的程度）显露时，美的时刻就要到来了。只要在这些价值所趋的结局（dénouement）到来之前人们不采取其他行动，只要人们还在思索这些价值，还在从其本身出发而享受这些价值，这美的时刻就会继续下去。美就是这样的时刻：当我们终于看到了盼望中的东西，但尚未得到它的时候，当我们被这东西所吸引并向它靠近的时候。艺术就是再现这一时刻的技巧，但是，无论我们是否借助艺术去接近这一时刻，这一时刻都是美的。

美的经验是我们经验中最强烈、最深沉的经验，它把冲动的直接性和
26 情感的生动性与理智的明晰性和综合性结合起来，在此时，我们既能感觉到又能理解到在我们面前的生命的含义。努力、冲突、结果，还有冲突的解决，一切都呈现在这里。这一切就是我们所追求的，我们的求索已经结束，我们充满了欢乐，但是，且慢！一切尚未结束，我们不能在此止步不前，我们的欢乐浸泡着哀伤，因为可爱的时刻是无法挽留的。但是，这个时刻凭着自己的动能还要冲向前方，而这也正是生命的一部分，所有的生命都集中在这充满魔力而又悲剧化了的时刻。正当我们似乎要捕捉到美的时刻，我们才领悟到美是无法捕捉的。当它向我们若有所思地发出微笑的时候，它又悄然隐去了。这就是为什么那些对美最为敏感的人要比其他人

更幸福也更悲哀的原因。他们知道美永远是既欢快又哀伤的事。❶

　　审美时刻就是对价值的沉思，而价值就是我们的欲望、我们的要求、我们的需要的投射。因此有快乐也就有双重的痛苦。当希望来临时，我们感到快乐，但是由于它并非真的实现，并非如我们所期望的那样，我们就更感到痛苦，另外，如果它真的实现了，它离我们又会比以往任何时候都遥远，因为那时我们甚至在一定距离之外对它们进行思索的机会都没有了，这又使我们陷入进一步的痛苦之中。价值预示着希望，当希望实现时，价值也就消失了。

　　艺术的功能就在于能使我们回忆起美的时刻。在艺术品中，我们永远可以领悟到意志怎样转变为理念，领悟到相互对立的力量如何趋于和解，领悟混乱如何走向和谐，永远可以在宁静中感到刺激、感到安慰、感到悲哀。真实的艺术品与虚假的艺术品，或者说优秀的艺术品与低劣的艺术品之间的区别仅仅在于前者能够像阿拉丁神灯一样反复地把美重新展现出来，而后者对此却无能为力。侦探小说可以让人读到深夜而不忍释手，有些能令人兴奋有余而令人沉静不足的作品也是如此，它们都只能给读者带来一次紧张感（thrill），却不能再次带来紧张感，因为它们的方法太拙劣、太浅显。这正像平底雪橇滑雪场一样，刚刚爬上坡就要向下滑去，它费了很大力气展开了一个情节，却突然把它引向结尾，以至无法使一个成熟的头脑得到快乐，除非这个成熟的头脑出了毛病。这些作品不能在恬静中引起刺激，只能在刺激之后带来失落。这是兴奋和放荡的性质，却不是艺术的本质。一本侦探小说只能使读者得到一次刺激，因为当读者知道了圆满的结局以后，也就领教了其余的一切了，它也就变得味同嚼蜡了。杜威说过："伟大艺术'永恒'的本质在于它能为达到进一步圆满的经验而

27

---

❶　布鲁诺的箴言，转引自叔本华《作为意志与表象的世界》："悲哀中有欢乐，欢乐中也有悲哀。"

不断使用新的手法。"❶换言之，伟大艺术总能够在积极渴望一个结局和对此结局静静的思索之间重新造成一个充满活力的关系。

这个观点表明，价值既是积极的又是消极的。之所以说它们是消极的，因为它们是被问题投射出来的，之所以说它们是积极的，则在于它们反过来也投射了问题。一个问题引出了一个解决方法作为它的结局，而这个结局也提出了问题——它本身是如何获至的？如果一个人渴了，他就需要水；反之，如果他看到了水，也会使他感到渴。如果一个人有强烈的进取心，想要施展抱负，他就会把崇高的理想作为自己的目的；反之，如果在他面前展示了一个崇高的理想，这也会激励他去进取，去奋斗。既然艺术是价值的再现，它也就像价值一样，既是消极的又是积极的。谈到与艺术家的关系，它是消极的，它是艺术家审美经验的记录，但是，谈到它与读者、观众的关系，它又是积极的，艺术能在读者、观众中创造出艺术家具有的经验，艺术能在审美阶段把读者、观众引入困境，引向各个方向上的各种离心反应与向心控制之间的平衡点。准确地做到了这点，艺术就取得了成功，否则，艺术就失败了。

当然，要想取得成功，一件艺术品必须选择适当的对象，正如一口水要想受到欢迎，必须送给口渴的人，无论他事先是否意识到自己口渴。但是，艺术趣味是可以培养的，这与得之于教育的、对问题的敏感是一致的。我们人生的经验越丰富，我们对生活和艺术的欣赏能力也就越丰富；我们对艺术越熟悉，我们对生活和艺术的理解也就越深入。人生进程就是不断扩大感性认识和不断深化理性节制的过程，艺术进程也是如此。从赞美的角度而言，可以说生活像艺术，而艺术也像生活。这二者最重要的是困境的审美阶段，在这时候，各种不同的冲动都受到理性的协调，而本能也受到理智的改变，没有形式、没有意义的运动也被赋予了形式和意义，

---

❶ 参阅《经验与自然》，第365页。

据贺麟先生讲，此书是"杜威著作里最难阅读的巨制"，此书作于1925年。——译者

一个情境中的各种因素在一种式样或设计中统一起来，各个部分被组织成了一个整体，多变成了一。

对一个困境所做出的最初的分散反应还不是艺术，而各种反应的最后融合又超出了艺术。艺术就是各种反应的最初综合，此时两种对立的经验，即：问题的最初或工具性（instrumental）阶段与最后或完美的阶段进行了闪烁火花的接触。在艺术中，手段与目的是互惠的关系，手段与结局是互相贯通的。杜威指出，虚假的理论将此二者割裂开来，把艺术局限于结局，因此使它脱离了其他经验，然而，艺术是所有经验的审美阶段之完善与纯化。❶这是古典主义的特点，它崇尚把努力归结为目的的最后阶段，蔑视最初和中间阶段，它认为欣赏是贵族特权，贵族不参加生产，因此才有资格进行真正的欣赏；另外，古典主义把创作留给了那些卑贱的、被奴役的阶级，奴隶阶级不能分享自己劳动的成果，因此才失去了创造性、才是机械的。另一方面，浪漫主义认为应该夸大困境中的第一阶段，无限制地解放没有任何目的的想象力，夸大不能容忍任何目的的情感，夸大不接受任何约束或局限形式的情绪，如果悠悠的苍天有个顶盖，它也要冲上去把它打开。古典主义的理想就是要永远住在豪华的守界神饭店（Hotel Terminus）中，享受着他从未开始过的旅程的终结；而浪漫主义的理想则是永远乘着三等客车去旅行，而他们的旅程永远也没有终点。古典主义的理想倾向于暮年的宁静和坟墓的凄凉，浪漫主义的理想则倾向于青春的热情和令人心碎的没有希望的爱情。歌德的诗句说明了前者：

> 群山之巅一片寂静，
> 林间树梢，
> 觉不出一丝儿风影，
> 小鸟在树林哑然无声。

---

❶ 参阅《经验与自然》，第六章。

候稍顷不久，

你也将得到安宁。

而德·缪塞的诗句则说明了后者：

还有什么东西能像巨大的哀愁那样给我们

带来深沉的影响？

最动人的歌声也最令人绝望。

而最令人绝望的歌声也最动人心弦，

我知道，生命最长的人哀愁也最深沉。

　　然而，古典主义的艺术，如果它是一种艺术的话，那么，它就不是彻底的古典主义；而浪漫主义艺术，如果它是一种艺术的话，那么，它也不是完全的浪漫主义。在上面引述歌德的诗中，存在的只是一句热情的"词句"，而在缪塞的引诗中存在的则是一个冷静的"形式"，否则这二者都不能成为美丽的诗篇。因此，我们不可能成功地把艺术分为浪漫主义的和古典主义的，唯一基本的区别就是优秀的艺术与低劣的艺术。❶在优秀艺 31 术中，渴望与成功是合而为一的，而低劣的艺术则不然。阿纳托尔·法朗士说生活中只有两件事——爱情和死亡。同样，在艺术中也只是如此，但是，它们必须同时出现！

　　审美的时刻就是哲学性的间断，在这时我们同时看到了二者，看到它们互相补充，看到希望的特殊性和无望的普遍性。在真正的艺术品中，这二者是无法分开的：充满激情的部分弥漫了整体，而没有激情的整体又包围了充满激情的部分。如果脱离了整个结构，部分将不成其为部分，反

---

❶ 杜威指出：在实用艺术与优秀的或最终的艺术之间没有一个界限，因为艺术就是对手段与目的之间特殊的渗透。"艺术是幸运的唯一选择。含义和价值、手段和目的的互相分离就是幸运的精髓。"见《经验与自然》，第372页。

之，如果整个结构没有部分，它也不成其为整体。渴望和盼望是为了目的，而目的也是盼望之所指。失去对方，任何一方都毫无意义，但是结合起来，它们就构成了艺术的含义，这也就是生活本身的含义，即下列诸因素的综合：爱情与死亡、个人的与非个人的、暂时与永恒、私有与共有、主观与客观、动与静、情感与理性、本能与理智、特殊与普遍、感觉与概念。在艺术与生活中，这些对立的因素是互相补充的，比如，康德说过，没有概念的感觉是盲目的，而没有感觉的概念是空虚的，这正如没有男人的女人少帮手，没有女人的男人没希望一样。把一件完整的艺术品的两个侧面分割开来就如同在完美的生活中隔离男人和女人一样，二者都是不幸。

认为女人比男人更懂得审美是错误的。女人更有感情、更直觉、更易 *32*
冲动、更主观、更有个性，她们思维的方式更生动、更接近内心；她们更容易注意到每一时刻的阴暗面和阴影，她们更喜欢注意讲话者的领带和他鼻子的形状，注意家具的样式、注意地毯的颜色；但是，这一切并不能使她们比男人更懂得审美，因为没有互为补充的男性特征，她们只能懂得审美的半个部分。男人不易直接认识到切近的含义，他们更概念化，他们把无数的经验数据凝缩和缩短了，以至达到这种程度：即使经历了千千万万的经验却毫无所知。如果说女人太感性化了以至不能进行抽象、不能走向一般，就像朱丽叶的老女仆，她能丝毫不差地回忆起最细微的经验细节，还有各种联想，她能翻来覆去地讲个不停，可是却不能上升到一般性的结论，那么，相反地，男人却容易忽视甚至忘掉这些细节，只见森林不见树木。但是，男人本身也并不因此就比女人对审美懂得更少，和女人一样，男人也只懂得审美的半个部分。完整的审美是感觉与概念、个人与非个人、女性与男性的综合，是二者缔结的姻缘。二者越是互相反对，二者就越是需要结合。男性的女人和女性的男人也许能完全达到自我满足，但是，男性的男人与女性的女人却能自然地结合起来。杰出的艺术品就是男人和女人的婚姻，这两者就是艺术中的这两个部分的化身。

33　　哲学家特别需要女性的社会，因为他们是最概念化、最男性的男人！与抽象的哲学保持过分密切的关系是完全不符合哲学精神的，因为真正的哲学乃是使抽象与具体、普遍与特殊处于和谐状态的艺术，它既包括了个人爱情的智慧又包括了对非个人性的智慧的爱。哲学思维最重要的长处得自对事实比较直接的思索，对男性来说，所有事实都是女性的。纯粹的抽象之远离真正的哲学，正如它之远离纯粹的具体。叔本华说抽象的概念仅仅是思维的荚和壳，它们具有才能的特色而不是天才的特色，天才总能在特殊之中看到普遍。天才是依靠来自一切知识、直觉和直接思考的新鲜营养生活的，因此，在他看来，任何事物都是活生生的形象和图景。❶罗素曾说，"但是，如果结果是可交流的，那就必须用文字表达。那些对事实有较直接想象力的人往往不能把自己的想象变为文字，而那些掌握文字的人又往往失去了想象力。这一部分是由于最高的哲学能力非常罕见：它需要把想象力与抽象文字结合起来，这种结合很难获致，即使少数人一时获得

34　　了它，也会很快丢失。"❷这就是说，哲学是艺术的两个侧面的微妙综合，而这和一切艺术一样，是难于获致而容易出现偏移的。

　　我们必须切记：审美经验是非审美经验中的一个阶段，美的时刻寓于其他时刻之中，正如日历上用红字印刷的日子寓于普通日子一样，就像节日是一个打破常规的值得特别注意的不寻常的时刻一样。只要生活沿着习惯的旧辙前进，我们就会忽视周围世界的意义，我们就会忽视用文字本身写作的诗以及石刻的启示。普通的人以及其他对象谦卑地引导我们做出适当的行动却丝毫没有引起我们的注意。我们习惯地穿上衣服却没有思考这些衣服，习惯地走下楼梯却没有注意这些楼梯，同人们谈话却没有看着他们，回答他们却没有仔细听他们的问题，吃了早餐却没有尝出滋味，读报却又漫不经

---

❶ 参阅《作为意志和表象的世界》，第31页。
❷ 参阅《心的分析》，第212页。

心，乘车到了市区却不知不觉，我们甚至可以在一个熟悉的环境里自由自
在地无意识地活动着，就像一个躺在摇篮中的婴儿。除非遇到困难需要特
别注意，我们从来不会有意识地真正地张开双眼，倾侧双耳地警醒起来。
反之，除非情况允许我们宁神敛息，我们很难闭上双眼，因为世界纷繁
令人目不暇接，除非到了末日，人是不会有真正的休息的。我们往往对
某些事情昏昏欲睡，而对另外的事物却津津有味，因为人注意了某件事
物，就会忽视其他事物。对经验进行这种按部就班的分析太简单了，无
法适应经验中不同体系的平行发展。一个人在同一个时间内对某些事物   *35*
了如指掌，对另外的事物就茫茫然。人的一只脚跨出了一座迷宫，另一只
脚却踏入了另一座迷宫。一个人可以在几年之中停留在一些问题的审美阶
段，而在另一些问题上却又安然步入了最高的圣殿。每出现一个谜，都
会在价值的新剧院里升起帷幕，而每解开一个谜又会在戏剧的最后一幕
降下帷幕。我们周围有许多神秘的宝库，只要我们进入这些宝库，它们
就会显露珍宝。还有一些封闭的书籍，它们将在指定的时间打开，还有
一些斯芬克司怪物，只要我们愿意听，它们就会讲。然而，我们太匆忙
了，看不到这些事物；我们满腹心事或心不在焉而难于前进。我们的道
路漫长而曲折，每个弯曲都会引出一个新天地，每个旅馆都有新奇的乐
趣。但是，无论我们在什么地方，无论我们的注意力被什么东西吸引，
我们都能体会到审美紧张。

　　我们从习惯上无意识地认为是理所当然的事情并不是审美。要成为
审美，它们必须在一个困境的聚光灯的照耀下登上舞台，或者，它们自己
必须成为这种情境的舞台，就是说，它们应该成为艺术品。由于出现在一
个心理批判的谜团中，任何事物都可以偶然地变为审美的；但是，艺术却
不是偶然的、意外的。它是对习惯和常规提出的一个预先安排的，深思熟
虑的挑战。一个真正的艺术品总是很容易戏剧性地再现一个困境，实际上   *36*
它会连续不断地表演生活本身构成的戏剧，表演那由死亡中永远迷人的爱
情、恬静中的刺激等情节构成的绵绵不断的问题剧。美既不是自然的，也

不是艺术的。美也许是由一个困境自然地创造出来的，也许是由于再现这样一种情境而人为地创造出来的，换言之，是由艺术创造出来的。但是，无论它是怎样创造出来的，美总是这样一种东西，它本身的乐趣就在于它包括了整个生命、爱情和死亡。这里包括了一切：开始和终结、有限和无限、约束和自由、企求和认识、本能和洞察、神秘和显示、凯旋和失败、希望和失望、欢乐和悲哀。我们在艺术品中发现了自己，也发现了我们的整个世界。艺术包括了我们在任何地方所寻求的东西。因此，艺术的力量征服了我们。我们无法摆脱它，无法置之不理，无法忘怀，因为它就是生命的花朵，就是全部生命，从复杂到简单的所有生命尽在其中。寻找美，就是要在一个时刻去生活，去爱，去死亡。在这里再没有什么可等待、可祈求的了。在美的一瞬间，我们似乎啜饮了一切经验的万应灵药；在这一瞬间，我们获得了永生，我们停止了生命。我们在不可抗拒的沉迷之中超脱了生命，超脱了死亡，这沉迷又是超越了理解的和平。

　　美是宇宙的神秘玫瑰，柏拉图、普罗提诺、但丁和圣徒都看到了它，而每个平凡的人，无论多么朦胧、多么不准确，也都瞥见了它。平凡的人总是纵情饮酒和麻醉，纵情于寻找、奋斗、渴望和感觉爱情的刺激。不仅 *37* 伟大的神秘主义者才有神秘的经验，因为每个审美经验都是神秘的，而每个人也都有审美经验，它是与每个问题相对应的不可避免的阶段，而人生本身也是一个由每一步骤上的小问题构成的延长了的问题。审美时刻是神秘的，因为它映照了生活的秘密，显露出它内在的本质，显露出把有与无融合起来的不断的变化过程。它在此处显露出彼，在现在显露出过去，在目前显露出将来，在开端暗示出终结，在行程中暗示出终点，在希望中预示出完成，在渴望中包括了圆满结局。在审美时刻中，问题解决之前我们就已看到了解决，在我们没有得到糕点之前，我们就已经品尝，我们尚未走到桥边，我们就已跨过桥身，我们还未经历过整个人生，我们就已超越了人生。审美经验包括了对任何行动过程的结局最温和的预见，也包括了任何最大胆的白日梦想，真正的艺术意图会在期望中显出这种满足的经验，在寻求中显出收获的经验，在激动中显出宁静的经验，在焦躁中显出耐心的经验，在不安中显出安稳的经验，而这些因素的区别都消失在能与不能、可能与实际、实与不实之中了。这种如醉如痴的状态，渴望中的圆满结局，危机中的安全感，蠢行中的明智之举，在对困境的反应中，在艺术再现中乃是自然的。但是，麻醉剂也会引起这种状态。那些既不够天真、又不够明智、以至不能在日常工作中，在戏剧中，在自然的享乐中，在朋友的友谊中，在艺术的欣赏中不断发现美的人，就会在消遣和放纵中去寻求它。在哲学家看来，人都是相似的，他们的审美时刻都是可以比较的，而无论他们是否沉醉于威士忌，是否为路旁的玫瑰而狂喜，是否忘我地工作，是否迷恋于事业，是否陶醉于荣耀，动情于音乐、建筑、雕塑、绘画、舞蹈、表演或诗歌，埋头于学习，拜倒在神龛之下，被爱情所征服，或者像斯宾诺莎那样冥冥苦思于上帝的属性。 *38*

　　在审美经验中，我们清醒地认识到渴望和圆满结局的相互关系，无论它是由一个困境自然地创造出来的，还是由于麻醉剂而人为制造出来的，或是由艺术品艺术性地造成的。艺术品就是再现了刺激与平静之间的审美综合的作品，无论它是一首两行诗还是一部史诗，是一面窗子还是一座教堂，是一次祈祷还是一种宗教，是一种思考还是一种哲学，是一个单一的行动还是整个人生。艺术包括了任何经过安排或制作的东西。艺术这个字眼来自拉丁文的*ars*或*artis*，原意是"进行连接或装修的技术"，是从希腊文*äpelv*——"连接、装配在一起"引申而来的。因此，艺术既包括了街上的汽车和运冰的货车，也包括了座谈会和交响乐。

　　这并不是说所有艺术都是一样的，因为艺术仍有优劣之差。这也并不是说我们从对运冰货车的思索中与从对绘画的思索中可以得到同样的享受，因为绘画会给我们带来更多的价值、更重要的价值。一个完美的运冰货车与一幅完美的绘画都同样是一件艺术品，但是，它缺少魅力，因为它主要要解决的是一个比较次要的问题，即拖运冰块的问题。有人会提出反对，认为一个运冰货车即使是由凸凹不平的边缘、弯曲的铁钉草 *39*

草拼凑起来的，也能很好地拖运冰块；但是，这样一来，对它的目的来
说，它就不是那么经济、那么漂亮了，也就是说它不是那么艺术化。制
作一幅绘画，往往比起制造一辆运冰货车需要更多的艺术、更多的技术
和耐心，但是，无论如何，并非总是如此。确实，人们完全可以说，大
多数运冰货车比大多数绘画是更好的艺术品。一辆运冰车做得太松散，
就会在街上垮掉；而做得太紧凑了又不能行动；这样一来，做车的工匠
就会当众出丑；但是，一幅绘画，即使制作得同样松散、同样呆板，也
不会受到责难，甚至还会受到赞美，人们对绘画比对运冰货车要糊涂得
多。一幅绘画往往由于画框而变得紧凑了，往往从富有魔力的艺术性标
题中借得一些刺激；但是，一辆运冰货车则必须凭借自己本身实际具有
的艺术拼接起来，运动起来。

　　艺术就是一种为某些目的进行装配、调整的手段，它是为了处理某
种困境的。有多少种问题，也就有多少种艺术，所有这些既有优也有
劣。制造汽车是为了解决在城乡旅行这一问题的。有人说，汽车的形状
应该像一滴油，以保持最小的空气阻力。如果它的目的只在于速度，这
样说是对的；但是，这只是其目的的一部分，它还要求舒适、宽敞、安
全。完全为了速度而制造的汽车就不同了。也许有人会提出反对：汽车
的设计和最后形状与它的功能没有任何关系，但是，实际上这有很大关
系。设计者必须时时记在心里：他制造的是一辆汽车而不是一艘船、一
架缝纫机。一项新的设计初看起来似乎很奇特，但是，如果它真是合适
的，情况就不是这样了；另一方面，一旦有更合适的设计取而代之，旧
的设计也会变得奇怪起来，当然，在这时候，风尚往往会败坏趣味，对艺
术来说，风尚是偶然的。

　　在制造汽车时，另一件应该考虑的事就是顾客的钱袋，而这必须与其
他机械要求一样受到同等重视。一辆福特牌汽车可以很圆满地满足许多认
为劳斯莱斯牌汽车根本不符合他们要求的顾客的需要。但是，劳斯莱斯牌
汽车依然是很漂亮的，又怎么解释呢？另外一件事也是同样重要的——一

40

个人买得起，他就会挑选它。这另外一件事就是钱袋，每个人的钱袋并不相同，那些买不起劳斯莱斯汽车的人是毫无办法的，它的价格是一个无法克服的缺陷。然而，只要有人不在乎这一缺陷，又不在乎自己的条件，而去考虑那些更有利的地方，对他们来说，价格不成为一个问题，那么，他们当然会认为劳斯莱斯汽车比福特汽车更美丽。可是，这个逻辑并不能让人们得出这个结论：福特汽车本身就很丑。因为人们可以设想一下，与一块魔毯相比，劳斯莱斯汽车也就成了福特汽车，大多数人就像买不起劳斯莱斯汽车一样，也不可能得到一块魔毯。这就是一种思维方式，它往往使人们超凡脱俗地把现世的一切荣华打了折扣，只是在理想中去寻找真正 *41* 的美，而只有理想本身才能满足心灵的渴望。

有一种学说认为：美术是努力再现理想并使之通过感官对象闪耀光辉的，上面所述就是这个道理。否则的话，这只能说是一种势利眼光：认为绘画或艺术的其他门类僭越了艺术或美术的称号，而且对其他智力或技术性作品称王称霸，把它们贬低为工艺性、工具性、机械的、庸俗的作品。艺术中这种等级之分来自社会中的等级之分，大写的艺术作为被大写的社团所垄断的艺术，被收入了宫殿、官邸和博物馆中。这往往就把昂贵的价格和稀有难得这种偶然的品质变为艺术的本质了，并把艺术等同于不能共享的物品了。最普通的家用器皿，如果是稀有而古老的，也可以成为艺术品。甚至它们的稀有的复制品也可以作为艺术为人所接受，但是，一旦它们变得普遍起来，它们也就不再成为艺术了。尽管除了鉴赏家之外，没有人能看出这里的差别，而且，鉴赏家也只能依靠一些深奥的索引才能看出这些差别，而这些索引与完美、与艺术毫无关系。当然，在稀有的东西中有一种真正的和合理的兴趣，而且，也没有什么理由认为它不能增进艺术的兴趣；但人们不应该用这些东西构成艺术，虽然用它们可以很好地构成一种爱好。每个人都应该有一种爱好，而且，好古的癖好和任何爱好一样都是正当的、有吸引力的；但是，古文物收藏家本身并不是美学家，另 *42* 外，他对古代艺术孜孜以求的精神也许会使他认为，只有古代艺术才是艺术。关于艺术品的年代和作者的专业性知识并不等于对艺术本身的欣赏，虽然这很有助于艺术欣赏。一个懂得艺术真正性质的人能够在任何别的艺术中识别出这种性质来，但是，一个艺术鉴赏家不同于一个仅对艺术有所鉴赏的人。真正懂得艺术的人不会认为一件复制品就比原作低下，除非他能指出复制品有哪些不足。而且，即使把复制品复制一百万次，他也会以同样的态度赞美和欣赏第一件复制品和最后一件复制品。真正热爱书籍的人并不是藏书家，后者的热情只在于手稿和作者签名的初版书而不在书籍。这种热情一部分是由于把某物据为己有的自私欲望而来，一部分是由于一种迷信：认为人体接触与精神接触就是一回事，认为被一个人接触过的东西，就会奇迹般地赋予了他的个性。但是，真正占有一件艺术品的人是欣赏它的人，而且只有他才能接触到艺术品的作者。

真正理解和热爱艺术的人并不是根据时尚、稀有难得、昂贵的价格或与艺术家距离的远近来为艺术品分类和确定高低的，他只根据他从这些作品中享受到的审美经验的深度来进行分类和评价。在艺术中，他划定的唯一区别就是优劣的区别。优秀的艺术能成功地把期望与圆满结局、刺激与平静综合起来，而低劣的艺术不能做到这点。如果一件复制品也能成功地做到这点，它就完全是一件优秀艺术品。反对意见认为：复制品是机械的，但是，复制品与原作一样都不再是原物。一切艺术都是机械的，只要它是用工具和器械完成的。一支铅笔或一支毛刷与轮转印刷机一样都是一种机械，如果能够得到好效果，一个艺术家就没有理由不去选用大型的、复杂的机械以及小巧、简单的机械。大规模生产的结果往往很糟糕，但并不是必然如此。一本书，在同一版本中内容是完全一样的，那么，就不应该有一条先验的理由（a priori reason）规定一幅绘画的复制品就不能把这幅作品完全再现出来。非机械性的与机械性的艺术之间的区别没有什么意义，除非它指的是优秀艺术与低劣艺术的区别。

同样，这也适用于美术与工艺美术和应用艺术之间的区别。这往往是由这种等级偏见产生的：人们偏爱装饰性艺术而贬低应用艺术。但是，装饰艺术也是应用艺术，否则它就失去魅力了，就是说，如果它不是为我们的需要提供了帮助，它就无法给我们带来愉快。而应用艺术，是为了一种目的制作的，它对真正富有经验的头脑与简单的头脑都经常具有魅力。这种实用的魅力、适应的魅力，就是艺术的魅力，而这恰恰是把手段与目的结合在一起了。这就是艺术本身，无论你是在卢浮宫的画廊里看到它，还是俯身在塞纳河的护墙上看到桥下划来划去的大型游艇，或是桥上川流不息的汽车。

桑塔亚纳在他的独白中谈到狄更斯："值得注意的是，究竟这些手段是如何受到狄更斯的赞美和欣赏的，就如同受到荷马的赞美和欣赏一样，这些手段已经与现代生活同化了。诗人不应该惧怕它们；它们能和谐地锻炼人的头脑，也能给人带来欢乐。想一想荷马的黑色大船和战车，想一想狄更斯的马车和小船，还有我们今天的飞机，那么，一个纯朴的心灵会对什么感兴趣呢？"[1]诗人也确实没有惧怕它们。爱德纳·圣·文森特·米莱[2]曾表述了对火车的迷恋。他写道： *44*

> 一条铁道弯弯曲曲几十里，
> 火车整日呼啸向前长驱，
> 有时火车远离这里无声息，
> 呵，声声长笛依然萦绕我的耳际。
>
> 夜幕降临火车已停歇，
> 沉睡、甜梦覆盖了大地，
> 但是，我依稀望见了火花在飞舞，
> 听见机车在喘息。

---

[1] 参阅《英格兰的独白》，第59页。
[2] 爱德纳·圣·文森特·米莱（Edna St Vincent Millay，1892～1950年），美国诗人，20世纪20年代美国最著名的诗人。——译者

友谊温暖着我的心，

但是，谁是我最好的朋友？

呵，火车，没有你，我怎能踏上旅途，

没有你，我又怎样走遍天涯？

　　一列火车也许像一座天主教堂那样神奇。难道人们只会把后者称为艺术，而不承认前者也是艺术吗？什么是艺术？难道不是那种像其他东西一样"装配起来"的东西吗？如果客观地讲，那么，这种歧视就没有理由。如果主观地讲，那么，当20世纪这种飞驰而来的怪物震撼了大地时，当机 45 车上的前灯划破夜幕、机车一声长鸣呼啸而过时，当一列长长的火车像电闪中的雷鸣滚滚而来时，引起了人们感情上的紧张又将如何解释？在13世纪是无法出现这种紧张的！无可讳言，修筑铁路并不是为了审美的目的，同样，天主教堂和所有伟大艺术品也不是为了审美目的而产生的。艺术就是工具对目的的适应，工具本身是非审美的，目的也是非审美的。而这种适应、这种安排、这种装配本身才是审美的。艺术和美只能作为生活的一部分而存在：人们不可能脱离生活来想象艺术和美。审美经验经常与某种困境联系在一起，无论这困境是偶然产生的还是通过艺术的媒介产生的。

　　正是由于这一事实，美术与其他艺术的区别（如果存在的话）才能得到证实。这就是说，由于艺术要经常回答某些问题，因此可以说，最美的艺术就是那些与我们最深刻的需要相对应的艺术，就是那些再现了最重要价值的艺术。这样一来，一辆运冰货车，无论它做得如何漂亮，它只能满足运冰这一微小的需要，因此，它就不能像一部安慰了灵魂渴望的交响乐那样令人陶醉。同样，一列火车解决了陆上旅行的问题，虽然它会使人感到紧张，但是，它不像一座能使人升腾到另一个世界去的天主教堂那样令人难忘。同样，人们绝不可能根据艺术的神秘特征在艺术中寻找区别，这些特征任何时候都会把这些区别吞没。任何真正的艺术品都会再现手段与目的、问题与答案的全面综合，对于那些对此敏感的人来说，这就是 46 整个生活，其中包括了爱情和死亡。神秘主义者在最渺小的作品中看到了上帝，但是，在最伟大的作品中却一无所得。惠特曼曾说过，一只老鼠的奇迹能使一群异教徒迷狂不已，但是，如果用显微镜来观察运冰货车的构造，或者通过一位神秘主义者的洞察来看沙特尔大教堂，❶那么，一切神奇都会消失。

对于能看到美和魅力的眼睛来说，到处都是美，到处都充满魅力。但是，只有把这样的眼睛集中在一个困境的焦点上，它才能看到美和魅力。这样的情境可能是在大自然中偶然出现的，也可能是由于艺术的启发产生的。但是，除了问题之外，不会有任何超然的东西能从背景中给我们带来魅力，我们像梦游者一样，在一个毫无差异的连续体中习惯地走动着，对周围的美一无所知。大多数东西都不会吸引我们，它们像丑陋的姑娘一样不引人注目。但是，如果出现在一个以她们为中心的情境，或者，如果艺术能为她们创造这样一种情境，那么，任何姑娘都会引人注目。如果穿上一件合身的衣裙，戴上一顶合适的帽子，而不戴眼镜，即使是最丑陋的姑娘也会成为审美兴趣的对象。在恰当的背景中，这位姑娘就像一位画中的人物，绘画中的人物吸收了整个作品的美。但这并不意味，这样一来她就改变了原来的容貌，或者说，这样她才显露了自己的风貌，因为只有从审美经验的角度来看，任何东西才能真正向我们显露出来。艺术家或情人的眼睛并不是受了欺骗才看到别人没有看到的美，因为美对于能看到它们的眼睛来说是到处存在的，而艺术家的光荣职责就在于使我们相信这一事实。我们所有的人都能看到舞会上最美的女人所具有的美，但是，艺术家甚至能让我们在风烛残年的名妓身上看到美。

艺术把我们的注意力引向了价值。只要人们从它们本身来考虑价值，价值就是审美，这就是美学家所谓的"无功利性"，虽然，这实际上乃

47

---

❶ 沙特尔大教堂（Cathedral of Chartres），即沙特尔圣母大教堂。建于12世纪，哥特式风格，1979年列入世界遗产名录。坐落在法国厄尔一卢瓦尔省省会沙特尔市的山丘上。教堂有三重皇家大门和早期的珠宝光彩的玻璃装饰的窗户。它与兰斯大教堂、亚眠大教堂和博韦大教堂并列为法国四大哥特式教堂。——译者

是最深刻的功利状态。人们是"从价值本身"看待价值的，价值是具有魅力的、是美丽的，因为它们才是那些使我们对某些难题变得敏感起来的因素，它们才是我们将对其做出反应的困境中的主要因素。审美价值是最高的价值，因为在最后的解决中必须考虑到这些价值，虽然那时它们将不再是审美价值；因为在那时一项解决真的实现了，注意力也就松弛了，而那些被获得的价值也只是被简单地接受了，不会得到任何更多的关注。因此，被一个社团所争取的那些男子汉就具有能够解决如何永远保持社团规章这一问题的价值。当他们正在被人寻找以设法去满足这些条件时，引起了人们的关注，因而具备了审美对象的尊严，但是，一旦他们切实做出了承诺誓言，那么，争取他们时的那种热情就会减弱。当问题至少暂时得到解决、经验重新恢复时，那些通过困境特征曾经显得很突出的侧面，在我们舒适的、已经建立的习惯中却变成了想当然的东西时，我们渐渐适应了它们，它们就像穿旧了的、不再闪光的鞋子一样，不再引人注目。然而，旧鞋不会再把我们的脚挤疼，我们也不会再担心会把它们弄脏了。正如我们能从经验的审美阶段得到享乐一样，当它已经成为过去时，我们也能从中得到愉快的解脱，正如随着甜美的兴奋而来的是甜美的睡眠一样。

48

　　道德态度所关心的是一个问题的解决，科学态度所关心的则是达到这一解决的手段，白日梦境或装假的态度把价值当作已经获得的价值，审美经验只是从价值本身的角度考虑这些价值，而不去实现这些价值，也不梦想已经获得这些价值。努力实现这些价值就是离开经验的审美阶段而转向道德或科学的阶段，真的实现了这些价值得到的只能是中断，这时就会陷入无意识的境界，这时就会产生一切经验。

　　然而，这只包含了半个真理，因为尽管审美经验可以停在困境的某一点上，但实际上，这一个点却包括了整个情境。首先，困境引起了不安，即最先出现的、间接的、分散的与这一困难相对的冲动，随之而来的是对目的和解决的设想，是用相应的智力与努力达到目的的决心，同时还出现了轻松、便利的感觉，所有这一切都融汇为审美经验，都被吸收进来，正如黑格尔所说：都被扬弃了（*aufgehoben*），所有这一切都被融合与协调为一种平衡与对称、一种可以称之为美的关于刺激与平静的综合。审美经验什么也没有省略，它是对生活中一切事物的神秘的包容。道德态度和科学态度，以及白日梦境，都被吸收到审美经验中。单独而论，一个困境中的其他态度或阶段都不是审美的，但总合而论，它们又只能是审美而非其他。当艺术或生活，或某一门艺术、某一部分生活被分析为各种因素时，其中的美也就消失了。美是全面、是完整、是和谐。渴望只是美的半个部分，而圆满结局也只是美的一半。就其本身而言，二者谁都不是审美。审美的时刻是困境中的中点，此时这二者同时出现了。一旦越过中点，魔力也就消失了，圆满结局吞食了渴望，二者完美的和谐所造成的美也就消失，奇异的时刻也就一去不返。

　　如果一个青年男子与一个具有能解决他爱情问题的姑娘相处在一起，只要他沉迷于对她的赞美之中，他的反应就是审美的，但是，如果他存有非分之想，这反应就不再是审美的。所以，如果她对他再现的价值能体现在大理石或展示在画布上，那将是更牢靠的审美价值，因为，在那些地方人们不可能超越思维的阶段，不可能打破渴望与圆满结局之间的平衡。或者，这位姑娘本人就是可望而不可即的，那么，她就总是审美的。"完美的爱情只能从绝望中汲取营养。"❶审美价值之所以有价值，是因为它们回答了问题，但是，它们更乐于像回声一样从远处回答问题。如果我们由于毁掉了它们的距离，把它们从雕像的基座上拉下来而亵渎了它们，那么，它们的美就会黯然失色，就会被人遗忘。如果我们这样做了，就像皮格梅隆❷一样，那么，我们也许会娶到一个妻子，但是我们却丢失了雕像，也许这正是我们希望的结局。可是，就审美观点而言，价值并不是因

❶ 引自桑塔亚纳。
❷ 皮格梅隆（Pygmalion），希腊神话中塞浦路斯国王，热恋自己雕塑的少女像。他请求爱神阿芙洛狄特为这少女雕像赋予生命，并得到了成功。——译者

50　为它们与问题的关系而受到重视，而是问题本身由于它们附属的价值而受到欢迎。在欣赏的时刻，我们不会赞成解决使我们产生幻想的问题，因为那时我们的幻想也被收回了。然而，这一需要并不打搅我们，因为在每个已经解决的问题前面还会出现新奇的问题，还会带来新的美，正如每飞越一个纬度，飞机尾翼后面总会有新的星座出现在天空。因此，真正的婚姻（它将保持热恋的追求）将会维系爱情的美，而不是使之归于毁灭，因为它保持的将是盖沙冷（Keyserling）所说的"一个无法分解的两极张力"，而这正是一个难于保持的困境。但是，斯宾诺莎说过，所有美妙的事物都是困难的，也都是稀有的。婚姻之所以困难就在于人们把它当作一个完满结局的这种倾向，因而也就连同其附属的审美性质一起取消了它的困境特征，这时很快就会产生厌腻和无聊。当然，爱情的问题仍然存在，但是，它的价值和它的美却只能到外面去寻求了，或者只能痛苦地放弃了。杜威曾说："自然人的极端粗俗乃是人类本性精明的观察者永不衰败的论断。仅仅是经过有教养的趣味也能延长对同一对象的欣赏，它之所以有这种能力，是因为它被培育成一种有识别能力的程序，这一程序能经常不断地在对象中揭示出新的含义以便人们领悟和享受。"❶

　　这就是说，价值只要是审美的，就必须从一个仍然是困难的情境中产生。如果我们珍惜某些价值，我们就应该精心培养它们所由生长的那个情境，而不要让它荒芜了。但是，有些情境自然而然地就有丰富的价值。

51　比如，一般意义下的身体活动，它作为不断的调整，总能保持一种困境的特点。它使我们对刺激感到敏感，而刺激又会引起各种反应以保持和促进我们的机体。这些刺激就是我们身体的价值，而它们的吸引力是与我们的身体问题同样持久的。在自然界中和运动员身上，这些刺激是无意识存在的，而在艺术中，它们被集中起来，被具体化了，以促进我们的反应。主要是因为我们永远在寻求身体的协调和平衡，所以我们能在一片风景中、

---

❶《经验与自然》，第399页。

一座雕像中、一座庙宇中或一首给我们带来身体价值上的和谐的交响乐中发现美。而身体的和谐能够增强我们在呼吸、平衡和心脏活动中的内脏与循环性反应。

我们要保持审美的价值，就必须在某种程度上使其与我们保持一段距离，这样我们就能从其本身的角度、平心静气地（尽管带有深刻的利害关系）考虑这些价值。由于视觉和听觉能够经常给我们提供审美价值，因为它们是距离性的感官，所以，它们显示的事物在某种程度上就是超然的、遥远的。"味觉和触觉是非常直接、直接关乎生命的。" ❶ 要把某一事物看作美的事物，我们就必须在那个时刻完全沉浸在里面，而不能拥抱它，也不能咀嚼它。对于某一远离我们的事物来说，这种态度是极为容易的，而这一事物在大多数情况下是由视象与声音构成的。它比起我们周围的事物来，更不确切、更为虚幻、也更为困难。因为我们不能触摸它们，也不能品尝它们，我们只能研究它们、思索它们。我 *52* 们多么牢固地掌握和占有的东西构成了我们直接的、习惯性的、非想象性的经验呵。我们对它几乎是盲目的。这里没有神秘，也没有魔力。价值往往超出我们能力所及的范围，从审美角度来看，树上的一只鸟要比手中的两只鸟更有价值。因为视觉和听觉提供了间接经验而非直接经验呵，所以它们带来绝大部分审美经验。这两种感官是在一种远距离中发挥作用的，其对象必须在凝神静思中才能把握，这与处于其他感官范围内的对象形成了对比，后者很少使人们凝神静思，因为我们占有了它们、掌握了它们、也就容易遗忘了它们。已被我们占有的东西，不会对我们的注意力提出挑战，它们不会引起我们的仰慕和渴望；耶稣在最后晚餐中用的圣杯（the grail）只有当它变成神圣不可企及的时候，才会成为人们追求的对象。我们渴望的东西永远是可望而不可即的。很久以前，

---

❶ 简·哈里逊：《古代艺术与宗教仪规》，第131页。

萨福 [1] 说过：

> 我不想用我的双臂去触摸蓝天，
> 我不敢梦想那些奇异、荒诞，
> 一只歌唱的小鸟怎能翱翔升腾，
> 怎能用一双渺小的翅膀扑灭蓝色的火焰。
>
> 我不想用我的双臂去触摸蓝天，
> 我不敢梦想有幸与神仙
> 分享帕福斯人的祝愿，
> 他们在蓝天上拒绝赐福人间。

而现在，桑塔亚纳则写道：

> 我从来没有请求上天为我赐福，
> 我从来没有请求上天在我的头上，
> 布满星辰，
> 我的精神能够升腾，能够得到善行，
> 任何东西也无法阻挡我的途程。

---

[1] 萨福（Sappho），公元前6世纪希腊女诗人。——译者

第 三 章

感觉艺术与文学艺术

我们赞美自然、运动员和感觉艺术，因为它们为我们提供了与身体问题相对应的身体价值。但是，我们的社会行为与身体行为一样，也是处于连续不断的调整之中，因此，我们常常既要寻找社会价值，又要寻找身体价值。我们在社会交往本身中寻找它们，在报纸上人们感兴趣的新闻中、在电影中，在诗歌和戏剧中寻找这些价值，但是，主要还是在小说中寻找它们。这些媒介都为理解社会生活提供了线索，而社会生活的实际情况也说明了为什么它们拥有广大的观众和读者，但是，只有小说这种篇幅较长而又灵活的形式才更适于再现个性的价值，而性格缓慢成长的过程，正是我们社会问题的关键。我们的大部分审美价值都是从这两大普遍问题，即身体问题和社会问题的框架中引申出来的，尽管任何价值如果从其本身的角度受到特殊而不夹杂其他目的的关注也可以成为审美价值。因此审美经验不是一种孤立的经验。当价值（即对某种情境做出的反应）完全单独占据了人们的关注时，生活的各个部分都会出现审美经验。当我们摆脱了困境，发现了（也许是无意识的）我们所追求的东西时，那是一种快乐的时刻。我们通过艺术的再现发现了价值，这样我们就能清楚地看到它们。身体价值属于感觉艺术的范围，而社会价值属于文学性艺术的范围。在感觉艺术中有文学的因素，在文学性艺术中也有感觉的因素。在文明社会中，随着社会行为的重要性不断增长，文学性艺术的重要性也在不断增长。小说已经成为居于统治地位的文学形式，是因为它最适于再现社会价值。感觉艺术的快乐在于身体本身的反应，而小说的魅力则在于社会本身的反应。因此，要根据小说满足我们社会能力的情况对它们作出评价。感觉艺术主要是刺激了我们的身体，它是运动型的；而小说主要是刺激了我们的个性，它是社会型的。

这一区别是基于功能的两重性，即所谓的心理 — 物理二元论（psycho-physical），而不是基于笛卡尔的形而上学二元论（参阅表1）。

55

表1　笛卡尔形而上学二元论

思维 心灵 第二性质：味觉、触觉、颜色、声音等。 　　宗教、艺术和这一方面的各种价值。 　　这一方面是理想的，感情的，不需要严格关注的，都要留给妇女和那些女性的男子。但是，男人最珍视的一切东西，包括各种男性的价值和思想都在这一方面。因此，如果这不是真实的，男人自己也就不是真实的，他们在世界上就没有地位了。但是，男人在世界上，像任何东西一样是真实的。	广延 物质 第一性质：广延、形状、运动。 　　机械论、唯物论、商业。 　　笛卡尔把这一方面大大地扩大了，以至把世界的另一方面排挤掉了，特别是数理科学在哥白尼、开普勒、伽利略和牛顿的著作中取得胜利之后。人们开始认识到世界的真实在这一方面。 　　因此，这种机械唯物论的论点是不充分的。科学的发展表明其中具有真理，但只是半个真理。

　　现代的观点认为，这种旧的划分并不真实，世界上并没有这种不可协调的两个世界。请参阅怀特海的《科学与现代世界》，在科学中，有机体的概念取代了机械论的概念，而且这个概念包容了机械论所删除的一切重要因素，因此，它也就更接近真理。无论机械论如何否定世界的另一半，世界仍然是那个世界——活该吧，机械论！

简言之，后者不是我们讨论的对象，它只能勾画出虚假的学说是如何发展的，又是如何被推翻的。这应归功于科学和笛卡尔。笛卡尔对于数理科学的精确性深为感慨，他甚至把数理科学的方法作为哲学真理的检验标准。他用数理科学的尺度来衡量世界。这样一来，他就把那些尚未扩展的东西丢掉了。因此，他几乎没有为思维留下地盘。然而，思维却为他提供了全部理念，但，他并不是忘恩负义，只是感到束手无策。为了得到良心上的安慰，他为思维提供了一种补偿，并没有完全将它拒之门外。然后，他匆忙回到他的新玩具，即物理世界的身边。德谟克利特、达·芬奇和哥白尼都曾沉迷于某种类似的东西，后来又有伽利略、开普勒和牛顿使之臻于完善，思想家很难再思考别的东西了。在开始，它就不得不在这里或那里结束了，甚至被推到一边，而在某个时刻它又会垮掉。他们经常要请求上帝的帮助，而上帝也经常帮助了他们。最后，他们终于得到了它，而它也可以自己独立走路了。现在他们都可以一跃而起跨马而上了，除了抓住自己的帽子，欣赏和赞美之外，别无所求了。他们对自己走的途径几乎看都不看。当他们不再需要上帝的时候（此时甚至连思维的地盘都没有留下），甚至连想都不会想到上帝了，直到有人想起他们已经把上帝丢掉了。诗歌凋谢了。他们对自己灵魂的最后一点知识也随风吹散了；后来，他们又丢掉了自己的智慧，最后他们都跌下了马。他们掉到了一片仙境中，而这片仙境是由他们抛弃的、他们认为对他们的机器是非本质的东西，即他们自己、他们的智慧、灵魂，他们的上帝、思想、宗教、艺术和诗歌构成的。尽管有些人对自己的驰骋和跌落感到迷惑不解，但是，他们仍然坚持认为这一切虽然很美妙，可是这纯粹是理想和虚幻，除了他们骑着人造机器驰骋之外，一切都是假的。有些人说，他们对这是否是一场梦境毫不在意，因为这比起他们所曾摆脱的其他经验来，更能令人感到满足，另外一些人甚至说，只有这个理想的世界才是真实的，这才 ₅₇正是他们从令人昏迷的机械论的噩梦中清醒过来的时刻。

情况几乎确确实实就是如此。笛卡尔要为此而受到谴责，因为他既没有发明也没有改善这个机械论该死的机器，他却享受了专利权；他享受对其中一切优点的专利权，却丝毫不提其中的危险和荒唐，实际上只是他自己对此深信不疑罢了。在笛卡尔之后，人们不是陷身其中，就是避之唯恐不及，但是，他们都不能忽视它。最后，这个家伙带着仍坐在里面的人狂奔起来，并把他们全都甩到地上。对它的机械论来说最明显、最不必要的对象就是第一项所说的东西。它们被称为第二性质，与第一性质相对，而后者可以归结为广延、形状和运动。这样一来，人们发现自己仅仅是第二性质的集合，因此，他们不可避免地被抛弃到地狱的边缘 ❶。（go by the board into limbo）在据说是真实世界的非人类的机械世界中没有为人类留下地盘。

　　这也不令人满意，因为尽管地狱的边缘初看起来也是个快乐的地方，但他们认为这是不真实的因而也是毫无兴趣的。有一些更大胆的人，决定再次试一试他们的机械论，但这一次，为了改造机械论，他们为它装饰了原来看起来似乎对它是非本质的那些性质，但是，他们现在认识到没有这些性质他们是无法生存的，因此他们把他们的机器改造得更适于人类居住。归根结底，人们曾经制造了它，也就能改造它。现在他们可以看到，机械论原则是真实的，但不是全面的真理。人类赖以为生的其他事物同样也是真实的，而且对他们的幸福而言，这是更重要的。于是，他们决定：在值得应用机械论的地方去应用机械论，并让它安居于此；他们发誓不再让机械论随着他们到处闯荡了，发誓不再为机械论的一致性而抛弃最可宝贵的财富了，其中就包括他们自己。现在人们认识到数理科学的"物理世界"曾是一种抽象，因此，人们就认为笛卡尔关于它和思维性事物的二元论是人为的、是不真实的。科学并没失去信誉，主要是因为科学本身变得更精确了，而早期科学的世界观已显得不够充分。过去由于它的不完备性，它不得不抛弃生活中美好的事物，现在，由于它新的精心改进，又确实使它变得比以前更加可靠了。进化论和相对论的新理论揭示了自然的内在的价值而不是主观的或不可靠的价值。科学为诗人的洞察提供了证明，诗人和科学家由于创造性的进化哲学而言归于好。

　　于是，我们可以说，自然和艺术对于人类的物理自我（physical self）已是焕然一新，它们为人类提供了物理价值，但是，我们并不是从抽象和数理科学（它已被更新近的生物科学所排挤）最近的意义上使用"物理的"这个字眼的，而是从动物有机体的古代和运动性意义上使用这个字眼

---

❶ 地狱的边缘（limbo）：善良的非基督徒或未受洗礼者的灵魂归宿处。——译者

的。在此处，物理自我被认为是与社会的或文明的自我相对的实体：人们 *59*
并不认为它是与纯精神相对立的由无数粒子构成的机械，对当代的思潮来
说，这两种观点都站不住脚。把艺术说成是物理性的或感觉性的，而把文
学说成是社会性的，这是什么意思呢？这就是说，我们从前者能更多地得
到自然和运动给予我们的刺激，而从后者能更多地得到社会给予我们的刺
激，虽然，这二者绝不是单纯的，绝不是与另外刺激毫不掺杂的。笛卡尔
过时的二元论对艺术和文学二者都不偏袒，但是，在完全现代的心理—物
理二元论中却出现了偏袒。这种二元论就是物理自我与被认为是更高级更
有精神性的自我、在社会中生活的自我之间的二元论。后者是由于与其他
个性的接触构成的，它不仅仅以面包为生，它从肉体中成长，却凭借其想
象力逃向其他实体，或者说，超越了所有这类实体而进入了对上帝、自由
和不朽的沉思。从这种心理—物理二元论的观点来看，艺术属于运动员，
而文学属于天使。

感觉艺术再现的是那些回答了有关物理自我问题的价值。它的造型形
式就是关于色彩、光线、线条和空间所有造型性质的综合，它能促进身体
对这些刺激做出反应，并产生一种相应的综合。但是，文学表现的是社会
自我问题（诸如爱情、宗教、教育、政治和法律问题）中的价值。当然，
感觉艺术也为社会自我提供了广泛的帮助，但是，在这方面，它与文学这
种社会艺术是无法匹敌的。如果它能与文学相匹敌，那么，人们就不会像
现在这样去读小说了，人们除了故事插图以外就不知道什么是绘画了。当
社会自我尚未发展，尚未完善的时候，（感觉）艺术也能满足它的需要，*60*
但是随着现代自我意识的强化，社会自我终于开始需要文学了。有趣的
是，非文学性艺术的爱好者，认识到这类艺术不可能在这一领域内与文学
相抗衡，因此几乎彻底放弃了竞争，宣称文学或社会价值与感觉艺术是不
相容的，感觉艺术所关心的仅仅是物理的或造型的价值。他们说一件造型
艺术品，只有它的题目是文学性的，它的题材总是感觉性的。他们还说，
造型艺术是通过其作用于感官的效果间接影响社会自我的，它能够引起一

种情绪或精神状态，但是，要在社会范围内去进行某种尝试就不属于它的职责了。开明的艺术批评家所真正关心的似乎就是如何克服对艺术品表面上的文学特征产生的天真兴趣，而把人们的注意力引向其真正的造型性质。现代艺术家在不断地学会有关造型形式的新东西：当他们从对文学价值所负的责任中解放出来的时候，他们也就简化了自己的作品；当观众被引导着只去欣赏事物的精华，而不再被关于（那些对造型形式来说是从属性的，甚至是不相干的）价值的错误成见所困惑和迷惘的时候，艺术家也就为这种欣赏提供了便利。

　　在这里我们并不打算使感觉性价值与社会性价值相脱离。它们就像身体与精神一样是密不可分的：正如一种对此物产生影响的效果也总会对彼物产生影响一样，身体价值也总会具有社会价值，反之亦然。如果一幅绘画使人的身体感到振奋，它也会使人的精神焕然一新；同样，如果一部小说使人的精神受到了刺激，它也不会不使人的身体受益。这里所说的只是打算确立各自重点的区别。造型艺术主要是感觉性的艺术，而文学主要是社会性艺术。从这个字眼的广义来说，文学与其他任何艺术一样也是艺术，因为它也是审美阶段中某个困境的再现，但是，它所关注的问题乃是社会问题而非身体问题。

61

　　文学主要是某些线索的联系，某些声音的延续；但是就其本质而言，它是某些思想的协调。艺术的感觉形式在文学中仍具有重要意义，因为在我们变为智慧性和社会性的存在的同时，我们并没有改变作为物理性的存在这一事实。当我们进行思考时，我们是从旧的无思维生命的角度进行思考的，而我们对呼吸和平衡所做的古老的有机调节并没有由于精神的渴望和更大的社会平衡而停止。因此，对我们社会个性的感染力就由于首先满足了我们基本的物理自我需要而取得了一个战略性进步，文学一直讲究感觉性形式的原因就在这里。为取得成功，一个作家必须富有魅力，因为只有凭借讨好各种感官的哨兵，只有凭借迷惑这些卫士，他才有可能接近他最后打算对其施加影响的人。不通过身体的大门，他就不可能直接接触到人的精神。因为我们的精神是以肉体为基础的，因此，传递给精神的信息就必须具备能够通过身体大门的形式，否则它们就无法打动我们。

简单的呼号和怨诉就是文学的开始，而且它们还有一种直接的身体效果。当一个人恳求别人，或努力劝说别人的时候，他就会使用那些能在其神经纤维上激起本能反应的声调和节奏。当一个野蛮人打算向自己的孩子讲述过去伟大的业绩时，或者回答他们关于创业的问题时，他会使用最富有表情的声音、姿势、韵律，也许还有吟诵，甚至还会击打一件乐器，这就是作诗。在朗诵诗歌时，可以明显看出其中随处可见的音步，即抑扬格五音步，就是日常的谈话的音步，而其他的音步则具有某些特殊的效果，如：严肃、快乐和悲哀，这在日常谈话中是不自觉地使用的。诗歌的心理学实验表明，在十个音节的间歇中成人可以轻松地呼吸，但是，对儿童来说，这个间距就太长了，因此，儿童写的诗韵脚就要短一些，这对他们的长辈来说就要有些拗口。

但是，假如文学仅仅是一种感觉性的形式，就如某些诗人所想的那样，那么，它就只能是一种有局限性的音乐了。只要作家把自己看作一位音乐家，他就不免要把兴趣完全集中于词汇的声音上面。这是危险的，因为为了使用词汇，他就必须对另外的东西感兴趣，他必须表达某些东西。如果他对词汇比对它们再现的事物和思想更感兴趣，那么，他的词汇就会失去意义，甚至会不成其为词汇，最终只能成为某些声音。因此，他最好放下手中的笔而去演奏小提琴。一个作曲家或造型艺术家，在他与感觉性形式打交道的职业中可以不管文学性价值，因为他要驾驭的马只有一匹。但是，一个作家就要为他的战车驾驭两匹马，即：菲希斯和波塞克（Physis and Psyche），它们必须像人的肉体和灵魂那样同步奔驰。

随着文明的进步和社会性自我的相应扩展，人类要比以往任何时候都更多地从文学中去寻求灵感，但是，当它用"美术"能更好地为人类提供的东西来搪塞他们的时候，人们就大失所望。在过去的世纪里，文学曾是人类的助手，这一点已被世界上伟大的民间创作的伟大发现所证明。有一个时期，"美术"似乎占据了统治地位，因为，口头文学作为通过时间来传播思想的媒介与石砌的纪念碑、刻在岩石上的雕像、画布上的色彩相比毕竟太渺小了，尽管后者只是把社会价值作为身体价值的附属而表现的。但是，自1450年以后，世人就不知道还有什么比纸上的文字更久长的东西了，不知道还有什么东西能像它们那样传播到四面八方。

　　文字作为表达思想最便利的媒介，既然它们能很方便地被印刷、被传播和阅读，那么，文学取得了蒸蒸日上的发展就不足为奇了。诚然，正如达·芬奇所说，一幅绘画可以不用翻译就直接向使用各种语言的人说话；但是，它主要是通过它的造型形式向物理性自我说话而已。它所包含的针对社会性自我的信息，只能是古老的故事，或者是简单的、熟悉的和通俗化的故事，就如宗教艺术中的故事一样，否则就要通过翻译了。卡帕乔（Carpaccio）绝妙的组画描绘了圣乌尔苏拉的传说，讲的全是一个房间里的故事，但是，只有那些了解乌尔苏拉的生平或按照卡帕乔的手册读这个故事的人才能看懂这组绘画。如果在绘画、雕塑、音乐或任何非文学性艺术中包含了过多的社会性（即文学性）含义，那么，就需要用文字表达了，就要附上一张说明书或解释性文字。这些艺术能够暗示或使人回想起很多社会性含义，它们能通过记号和符号，通过引起情绪表现（show）很多东西，但是，它们不能用人们的母语和任何人进行交谈。如果我们站在 ₆₄ 一件艺术品的前面，思考如果脱离了它的造型效果，这件艺术品还有什么意义呢？此时必须请求文学性艺术的帮助才能得到令人满意的答案。丁托列托❶的伟大而神秘的寓言也是如此，当罗斯金❷的文学天才领悟到这些寓言的含义，或为它们赋予了含义时，他受到了吸引，而当观众阅读了罗斯金的解释之后，他们也为之倾倒。尽管这类文学性解释为当今的艺术批

---

❶　丁托列托（Tintoretto，1518～1594），意大利文艺复兴后期威尼斯画派著名画家。他的壁画《到天国去》有七百余人，高十米，宽二十五米。气魄宏伟，色彩丰富。——译者
❷　罗斯金（John Ruskin，1819～1900），美国作家、美术评论家。——译者

评家所诟病，但是，当我们看到，如果人们不能阅读，而又期望艺术能给他们一些宗教性教诲时，这类解释还是有其合法性的。圣马可教堂中的马赛克镶嵌图案（mosaics）就是打算向不识字的人们解释《旧约》和《新约》故事的。无论如何，现在当人们能够直接接触文学的时候，人们自然应当从文学中吸取文学性价值了，因此，同样很自然地，艺术的文学性批评也应当消失了，尽管对那些其本来目的肯定既是文学性也是造型性的艺术品而言，它还具有历史的重要性。但是，现在的文学价值就不应该成为绘画的中心兴趣了，因为现在在任何社会中都会有书店和图书馆；一件非文学性艺术品现在必须根据其非文学性艺术特点来接受检验以决定其去取。

除了纯装饰艺术之外，任何艺术都不会拒绝社会性或文学性因素，同样，文学也不会拒绝感觉性特征。有时绘画几乎可以变成叙事性的，比如，卡帕乔的《圣乌尔苏拉的生活》；有时叙事体作品又几乎可以变成绘画，比如，福楼拜的《包法利夫人》。艺术具有广泛的力量，它既可以刺激社会性自我又可以刺激物理性自我。确实，我们几乎总是从艺术品中寻求某些社会性含义，即使我们知道它的艺术性主要在于感觉范畴，而且知道，在几个伟大的艺术时期里，艺术总是有助于某些社会性目的。许多现代艺术的缺陷就在于除了一种感觉印象之外，它们缺少目的，而感觉印象本身不可能吸引社会性的人。浮龙·李（Vernon Lee）曾说："除了艺术批评家之外，任何人看到一幅新的绘画或雕塑都会首先问道：'它再现了什么东西？'形象感觉和审美移情只能偶然地从这一问题引出的观察中产生出来。诚然，甚至艺术批评家也往往最爱局限于由其他类似的问题引出的关于艺术形状的思索之中，这些问题（诸如：'这件作品的作者是谁？''它的准确创作日期是什么时候？'）又是从他的特殊偏见产生的。" ❶

65

---

❶ 参阅《论美》，第137页。

　　文学的方法与此正相反：我们首先感受到了它的魅力，只有这时，我们才会注意到它说了什么，它有什么含义。在我们追问感觉艺术再现了什么东西的时候，它的吸引力就悄悄地溜掉了；但是，当我们的感官听着文学之声唱的催眠曲时，它却用低低的耳语向我们传递了信息。如果没有引人入胜的形式，最好的逻辑也只有一半的说服力，反之，如果废话具有感染心灵的力量，它也会使许许多多的人信以为真。逻辑只有在辩论之后才能使一个案件取得胜诉，而令人愉快的表情几乎不用理智就能立即打动和赢得人心，因为在尚未开口说话之前，它就使人们感觉到它的魅力了。科学著作经常为了能直接达到理性的目标而牺牲了文采，但是，伟大的科学家往往也是艺术家，他们的思想也充满了情感；如果这些情感能明白无误地表现出来，也是不会丢失的，他要能像达·芬奇和法布尔那样写作，他也会是杰出的。文学本身在其可能的范围内一直致力于表现全体人类的
66　生活；由于理智对于深刻的感情来说是一种上层建筑，为了服务于后者，人们首先需要的是文学性艺术。文学必须首先满足感官的需要才能接触感性，它必须取悦于听觉才能向人的灵魂表示敬意。活生生的人生不可能用贫乏的理性概念来表达，理性概念仅仅是人生的躯壳和皮毛。

　　过去曾有一种说法，认为哲学只能用纯科学的所谓枯燥形式进行表达，它把哲学的过错归咎于哲学家写作时刻意追求文体的漂亮，免得他迷惑了判断力，免得他使判断力偏离了论证。如果哲学仅仅是一个任何人在匆忙之中都可以攀登的逻辑升降机，或者是任何信徒都可以用双膝爬上去的圣阶（scala santa），那么，这个论点也许是正确的；但是，哲学更像一架梦中从天而降的梯子，它起始于神奇而结束于幻妙。而且，为了表达自己，它需要语言之梯上的每一根横木。对于理解它的人来说，哲学是最高级的文学；它唤醒了他们对自身的最深刻的反应，因为哲学最适于再现关于他们最奥秘的问题的价值。黑格尔会说，哲学把生活中所有的具体性都吸收进来，它绝不是抽象和空虚的。

　　然而，大多数人的问题用小说去处理就已足矣，而这就是小说能够

流行的原因。儿童的诗歌和故事只能在童年时欣赏，或者在我们陷入一种 67
儿童似的情绪时去欣赏。另一方面，大多数人很少能上升到最成熟的诗歌
和哲学的水平，虽然所有的人都有这样的时刻：在那时他们会超越日常的
水平而生活，会享受在日常生活中使他们感到厌倦的东西。一般来说，人
们虽然梦想漫游，但他们并不离家远行。新奇的感情，深奥或陌生的思想
是很少出现的。甚至一个故事也绝不能仅仅翻译成当地的语言就算成功，
还必须为它加上地方色彩，才能真正为人们所接受，否则这个故事只能是
一个极为简单的、只能说是稀奇古怪的故事，就像约瑟的故事一样。绝妙
的好书只有被各种条件弄得很平凡的时候才有人去阅读，就像《圣经》一
样，即使在这时，大多数人也只是收藏它们而不是阅读。真正广泛流行的
书就是那些有助于描述和突出肉体和灵魂的需要的书。因为大多数人遇到
的困难都是相同的，他们寻求的价值也是相同的，因此，他们能从中找到
这些东西的书也是相同的。

　　文学关注的主要是社会价值。大多数美学著作认为这种关注是如此
之少，其原因就在于：它超出了仅以感觉形式为对象的评论范围，美学著
作正是经常局限在这一范围之外的。如果感觉艺术的标准就在于它对物理
性自我产生的效果，那么，文学性艺术的标准肯定就在于它对社会性自我
产生的效果。那些引起了和谐的物理反应的造型形式是美丽的，那些引起
变形反应，以致使这些反应受到挫折、受到阻碍的造型形式是丑陋的。因
此我们也可以说，那些引起了同情和温柔这种深刻社会反应的、引起了新
的爱和理解、引起了在更广泛基础上个性新的均衡的著作就是美丽的。而
那些使不合比例的狭窄利益更为扩张、那些不能把完整的个性引导为更高 68
水平上的新行为，而是用俗鄙的对某些特殊冲动产生的诱惑力使之降低或
减弱的著作则是丑陋的。要看出这些区别就需要经验，但是，那些能从好
书中感到轻松和兴奋的人将会在那些只能吸引他自我的一部分的书中，或
者，在那些不能引导他走向最高领域、不能使他达到自身顶点的书中，感
觉到束缚和压抑。

　　一座和真人一样臃肿的雕像会让所有的人萎靡不振，一幅构图拙劣的绘画与通常会使人厌烦的场景一样都不会令人感到鼓舞，而且我们肯定为此感到激怒，因为艺术存在的理由（raison d'ê tre）就是开拓人生。同样，一部和大多数生活一样无聊、没有意义的小说也会显得毫无价值。但是一座使人屏息凝神、翘首而望的雕塑，比如观景楼的阿波罗（Apollo Belvedere），或者一部使我们超脱了自身的狭隘而走向广阔同情的小说，比如《安娜·卡列尼娜》，就是有价值的。

　　文学的特殊价值在于，尽管它有些漫无边际，但是它仍然具有直接的艺术魅力。思想被灌注于形式之中，而形式中又弥漫着思想。"如果我们说某些书构思很好，而文笔很糟，那么，我们的意思只能是说，在这些书中有些部分，有某些页，有某些句子和命题构思得好，文笔也好；而其他某些也许不重要的部分则构思不好，文笔也糟糕，既没有认真构思也没有认真写作……一个命题怎能构思很清楚，写起来却含混不清呢？"❶ 当作家苦思冥想地构思一个句子时，他就像游泳的人一样这面露出了水面，那面又没入了水面，他要既驾驭好思想又照顾好表达。这二者是不可分解的。

　　对于这一点，我们在文学中比在"美术"中要了解得更清楚，因为，我们很少有人具备绘画、雕刻或音乐的创造经验，但是，我们任何人从咿呀学语时起就知道用词句表达思想了，我们知道其中的困难，而克服了这些困难，我们也会情不自禁地高兴起来。我们对此极为熟悉，既有实践又有知识，在这里我们不是不可救药的伪君子，而在音乐会或美术馆，我们往往是如此，在那里，我们很难区别谁好谁坏，除非有人告诉我们，也许这个人也是一个十足的外行。即使是一个除了报纸之外什么也不读的人，对文学的了解比起大多数人对绘画、雕塑的了解也还要多一些；对他来说，走向杂志和书籍并不困难。但是，一个只欣赏报纸幽默专栏的人能欣

---

❶ 参阅克罗齐：《美学》，第28页。

赏艺术吗？如果把艺术限定在博物馆的水平，那么，我们可以说这很容易，但是这样说并不公平，因为就广义而言，所有组合起来的、所有技术作品都是艺术，而且其中任何一个都可以是"美的"。因此，一个对绘画没有鉴赏能力的人也许会对体育、汽车或电器、商业机构或国家大事有良好的鉴赏能力。在人类的兴趣中没有什么领域是对艺术或审美鉴赏封闭的，在这些领域中也没有任何一个是由艺术或审美鉴赏所垄断的。如果所谓的"美术"真比其他的艺术表现更美一些，那么这也不是因为它们展示 *70* 了更美的技巧，而是因为它们再现了更高的价值或价值更高的综合。有时由于这样做了，它们对自己的"美术"称号是当之无愧的，但并不总是如此。管理国家大事可能是最高级的艺术，而作为真正国务活动家的那些人，如桑塔亚纳所建议的那样，则应该被称赞为最伟大的艺术家或诗人。

但是现在的情况却是：从事文学工作的人，特别是小说家，享受了最多的赞誉。他们的作品似乎在当代生活中给人带来了最有帮助的价值综合。小说比起其他艺术来能为现代的自我提供更好的帮助，因为它囊括了其他一切艺术。小说能把我们引入大自然和海洋的真实情境，它能像世上任何绘画一样为我们提供美丽的画面，它也能把我们身临其境地引入庙堂；它能为我们带来前所未闻的和谐而与最擅长于此的音乐相媲美，它还吸收了其他一切文学形式。此外，小说还先声夺人地压倒了所谓的"美术"，它还从生活的各种艺术中得到了借鉴，它还再现了一切人类活动和兴趣的价值，诸如：爱情、宗教、教育、娱乐、政治、经济、法律、科学和哲学；最后，小说在对生活本身的最高艺术再现中是无与伦比的，而其他各种艺术只能对此做出各自的贡献。

第 四 章

为什么读小说

为了区别好的小说和坏的小说，文学评论必须有一个哲学基础；但是，如同在伦理学中一样，在美学中，并没有绝对的标准。对两种生活方式，对两种类型的小说，只有那些对二者都有过尝试的人才能够进行判别，他们对不同的气质肯定会有一种宽容的态度，因为他们知道每个人的结局都是社会和谐中的自我体现。一部小说就是一种人生，而最好的小说就是那种能引向最完满人生的小说。在小说中，就如同在世界上一样，各种事物本身并无好坏，只是相对于精神而言才有好坏。虽然没有人希望生活过得悲惨，但是，雨果的热心读者谁也不会反对与他一起生活在《悲惨世界》中；同样，虽然没有人希望生活过得乏味无聊，但是，任何崇拜普鲁斯特的读者都不会反对与他一起生活在乏味无聊的上层社会中。有人也许乐于在悲惨或奢靡的社会中度过一生，以体验这些作家们的观察，因为除了通过一个充满悟性的头脑很难体会到人生的酸甜苦辣。在某种程度上可以说，任何人都创造了一个属于自己的世界，用自己的眼光来观察事物，但是，能够分享那些目光敏锐的人的深刻见解还是可以得到启发的。就像爬树或爬山一样，其本身并不是什么乐事，但是，它们会帮助我们向上攀登。一部好的小说不仅为我们带来一段美好的时光，它还体现了各种价值，而它具有吸引力的真正奥秘就在于此。小说家并没有解决我们的问题，他也没有试图去解决这些问题，因为审美经验是由对价值的单纯沉思构成的，一旦人们试图去解决问题，这审美经验也就消失了。一位试图解决问题的小说家，就要为宣传而牺牲他的艺术了。

我们的问题有年龄、性别和职业的不同，因此我们对小说的趣味也就多种多样：但是，只要我们的主要大问题是相似的，我们就能对那些体现了我们普遍价值的小说取得一致意见。如果小说或任何别的艺术，只关注那些短暂的或不重要的价值，它们就无法获得永恒或普遍的生命。但是，伟大的艺术满足了根本的需要，而这就是它们能够赢得直接而毫不犹豫的反应的原因。那些过去写作的又回答了基本需要的作品就被人们誉为经典著作。但是，由于问题是变化不居的，因此每一时代都必须开列出自己的经典著作书目表。我们绝不应盲目遵循古人的经典著作书目表，我们必须进行增加或删减。如果我们轻蔑经典作品，我们也就丢掉了自己的文化；因为新的经典作品不可能一夜之间从地下跑出来。那些常常出现的新出版的书往往只满足了一些特殊需要，而忽略了我们人类古老而深刻的条件。有些新的小说是好书，但是，如果别的小说能更经常地把它们的视野与他们那个时代的经典作品中的视野相比较，那么，坏的小说就不会有这么多了。那些能在描述基本价值的作品中得到满足的人是不会接触劣等作品的，但是，那些趣味经常被短命的畅销书所污染的人，就很难欣赏经过历史检验的畅销书中深邃的魅力了。有多少经典作品由于拙劣的说教而受到贬毁，又有多少人在多年的冷落之后又愉快地重新捧起这些经典作品，我们不得而知；但是，许多重新回到经典作品的人已经证实了他们所找到的快乐。

然而，由于认识到经典著作书目表只是一个粗略的阅读指南，我们就不得不承认还需要有一个更富于理性的阅读准则。当我们读一本书的时候，我们应当能判断出它是一本好书，而不管它的声誉如何，而且应该能够讲出道理何在。感觉性艺术的评论基础应该在于它的物理效果，而文学的评论基础应该在于它的社会效果。社会性自我很少能既在与其他事物的交往又能在自身的交流中得到适当的刺激，社会性自我在最优秀的小说中才能最大限度地发挥出自己的能力，而这就是关于小说质量的准则。

甚至最糟糕的小说也有人阅读，这是因为它们提供了那些读者生活中缺少的某些东西，因为它们能满足饥渴。曼内恩德斯·佩拉瑶（Menéndez y Pelayo）❶在研究十六世纪骑士—游侠风尚时得出了这一结论。他说胡安·德·巴尔德斯（Juan de Valdés）"是那些最优秀、最精敏的杰出人物中的一员，也是西班牙文学中最值得钦羡的散文作家之一，巴尔德斯是希腊语和拉丁语言学家，是伊拉斯谟（Erasmus）的朋友和通信者，是贵妇人的问答式教师，是朱立亚·冈札伽和维多利亚·柯罗纳的教师，他用'华丽的方言'（diálogo de la lengua）写道：'除了《阿玛迪斯》（Amadis）和某些其他作品之外，那些关于骑士—游侠的作品，不仅是很不真实的，而且文笔也极槽糕……几乎任何人的胃口都无法消化这些东西'，但是，他紧接着又承认他读了所有这些作品。'我把一生最好的十年消磨在皇宫和王府之中，除了阅读这些谎言之外，我没做过任何正经事，我对它们的喜爱几乎到了废寝忘食的程度。"❷曼内恩德斯·佩拉瑶又继续说：

> "解释这一现象似乎很简单。即使一部小说很幼稚，但是当它激励和满足了人们的好奇本能时；即使它很糟糕、很庸俗，但是，当它耗尽了人们的创造性源泉时；即使它组织得很蹩脚，但是当它用一连串的冒险和奇历给我们带来愉悦时；它也能完成某一种任务。任何男人都有那种时刻，在那时他变成了孩子，而那些没有经历这种时刻的人是不幸的。对理想世界的憧憬总是具有诱惑力的，而理想世界的

---

❶ 曼内恩德斯·佩拉瑶（Menèndez y Pelayo，1856～1912），西班牙学者，历史学家和文学评论家。——译者
❷ 参阅《论文学评论》，第47、48页。

声望是如此强大，如果没有某些小说，短篇小说，口头的或文字的，人们几乎无法认识人类自身。如果没有好的，人们就要阅读坏的，而十六世纪的骑士 —— 游侠作品正是这种情况，这也是它们能够存在的重要原因。"

为了进一步理解这种对小说——无论是好的还是坏的——的渴望，我们应该考虑一下人类个性的性质。这种个性在儿童的游戏中就开始了，那时他们从自己周围的人物中吸取了角色，❶因为绝大多数情况下儿童游戏都是如此，他们要扮演父母、医生、客人和商人。人的个性是由他们已经获得的角色构成的，而且，它必须一步一步地建立起来。它不是先天的，而是后天的。一个人只有通过学习其他社会成员的角色才能成为社会的一员，而这就是儿童想象性游戏的功能。体育运动就是受规则约束的游戏。为了使棒球在每一个位置上运动起来，运动员就必须把自己设想为任何位置上的运动员，一垒手必须知道投手、击球手、外场员是做什么的，才能与他们相互配合；他必须设身处地站在他们的立场上想问题。要与他人友好相处就应该经常这样做，经常扮演他人的角色。只要人们这样做事情，他就不会犯错误，因为设身处地想问题，人们就会像别人一样做出反应，因此也就能预料到他人的反应，从而对自己的举止做出检查和改变，以使之恰到好处。人们要像别人一样仔细地倾听自己的声音，然后对自己的语调相应地做出调整。要以别人的眼光来看待自己就能在社会上取得成功，而这需要把自己等同于他人，需要扮演他人的角色。自我是社会性的，它是通过吸收了别的自我而建立的，而且自我完全是由别的自我构成的，因为，如果把别的自我消除了，自我将不成其为自我。由于人的机体存在着最初的区别，因此，由于不同的社会接触，人的个性也存在着区别。最丰富的个性就是那种具有最广阔的经验，因而在任何群体中都能办事得体的

75

---

❶ 这一观点是从乔治·赫伯特·梅德教授的社会心理学课堂讲座中借用的。

人，因为他具有了其他人的角色，他就知道他们要做什么而且知道怎样配合。这样的人在任何地方都能得心应手，而社会经验有限的人只能在自己的家里保持这种状况。人们在自己家中与熟人相处就显得轻松自如，因为他们都已经互相了解对方的角色，但只要人们能增加自己的角色储存，他们也就能把家庭中的这种状况无限地扩大。于是，人们除了喜欢自在地待在家里以外，他们也喜欢走出家门，而这也是通过扮演他人的角色达到的。因此，儿童在自己的游戏中不仅扮演了那些在他自己家中和邻居家中出现的角色，他们也扮演那些能使他们逃跑的角色，比如，印第安人、海盗、骑士和国王。

成年人的白日梦境取代了游戏，但在本质上它们还是一样，它也是扮演别人的角色。同样，在此处这一过程也具有双重功能：首先，它使人觉得自己像在自己的范围中一样自在，其次，它能使人超越这个范围。有些白日梦境只是排演了日常生活中即将来临的情境，有些则是一种逃逸。小说是更精致的游戏：那些使我们与我们普通世界更接近的小说就是现实主义的，而那些使我们从这个世界摆脱出来的小说就是浪漫主义的，那些使二者兼容并蓄的小说则是伟大的。

那些生活得尽善尽美的人们，那些世界上自由自在的而又不需要任何更美好、更新奇生活的人们，是不用读小说的。他们为什么要把时间浪费到那些无用的故事中呢？他们就像罗马人一样，没有好奇心，也没有小说，因为他们对自己、对罗马感到十分满意。他们也许对那些走街串巷的野蛮人是如何生活的感到奇怪，对那些露宿街头的流浪汉的生活感到好奇，他们对描写这些人的小说很感兴趣。但是，他们是心满意足的，如果他们过得厌烦了，还有竞技场可以消闲。那些读小说的人是一些生活不如意、不满足、生活不安定而又有浪漫色彩的人，他们对世界、对自己都没有把握。他们就是一切寻求更美好生活的人，他们对现在的生活感到不满足，他们的理智和对可能性的感知使他们保持了年轻、好奇和警醒，他们在探索着不同的生活方式和其他组织自己生活的方法。小说帮助他们进行自我调整以适应环境，也帮助他们逃避环境。

用另一种方式来表达，上述观点就是：那些人在探索现实，他们想要了解世界是什么样子，其中有什么真正的价值。生活在一些小而稳定的社团中，对这些问题是没有疑义的，因为现实就是社会的，而在一个处处都是协调、融洽的社团中，是不会出现问题的。但是，在我们的社会中，并存着许多不同的社团，它们的不同观点和信仰也是互相混杂的，因此，它们都要避免固执己见，避免确信自己掌握着全部真理。每一社团对其他社团都持批评和怀疑的态度，因而对自己也持有批评和怀疑的态度，因为人们不可能面对这些怀疑主义者若无其事地，甚至是彻底放弃了怀疑而去保持自己的信仰。孩子们在家里学到的是一样，在学校里学到的是另一样，而在主日学校（Sunday school）学到的又是一样。到了中学，他们学到的东西更混杂了，到了大学简直就无所适从了。当他们从一种社会环境走入另一种社会环境中，他们就会发现趣味的概念和标准是极不相同的。他们看到有些人对别人所尊崇的东西全然不顾。这引起了他们的思考和惊异。这促使他们对周围进行观察，搜集各种建议和线索。这促使他们去读报、去看电影、去读小说，因为它们是那些最乐于提供使他们能应付困境的帮助和暗示的媒介，而在这困境中他们可以发现自我。

高尔斯华绥的《福赛特家史》就是一个很好的说明。对福赛特一家 78
来说，财产才是真实的东西，而"风采"只是财产的记号。但是，年轻的波辛尼是一位再现性艺术家；他对这种现实观点很不以为然，因此，福赛特一家认为他不合规范，认为他很危险，而且爱开玩笑的乔治·福赛特给他起了个海盗的绰号。其中还有一位瓦尔·达尔梯，他认为世界上除了马之外再没有好东西了，但是，只要普鲁斯佩尔·普鲁方德这位看什么都不顺眼的、令人不舒服的外国绅士在旁边，他那匹珍贵的小雌马梅福莱似乎也失去了她的真实性。这部小说中还有一位叫杰克·卡迪安的人物，他信仰"健身"的作用，但是，普鲁斯佩尔·普鲁方德却说："'劲'身有什么用？"

　　然而，他和他的同类们，即那种想要组织一种没有任何价值的社团的玩世不恭的人，实际上还是有一些他们并不怀疑的原则的，比如：狡猾、无动于衷、诡辩；而且他们对待自己并不像对待别人那样狠心肠，甚至连一半都没有；他们用油腔滑调和傲慢无礼掩饰了自己的空虚；他们对别人的信仰和道德横加嘲讽，因为他们心怀妒忌；他们对幻灭抱的信仰，不过就是那只丢了尾巴而又劝说同伴砍掉尾巴的狐狸的故伎重演；他们嘲笑别人以免别人讥笑他们自己。邪恶不能容忍道德，因为它对道德总有一种自卑情结。因此，它打算把道德也降低到与自己相同的水平。然而，只要有机会，邪恶的东西总要显得一本正经：只有涂上一层正派的保护色它们才能生存下来。他们甚至不愿与自己的同类一起并行，除非他们能在别的同类面前假装正派。邪恶是反面的东西，除非披着善良的外衣，否则是根本无法生存的。盗贼中的荣耀就是铤而走险，这是他们的最后一招。面对全社会的反对，他们对自己的道德很清楚，他们对社会上的反对是刻骨铭心的。正直的人对荣誉并不斤斤计较，因为他们与世界本来就是一体。但是，那些反社会的人不仅必须面对全社会的怀疑和不信任，他们还要时刻担心来自背后和内部的背叛。此外，他们还必须用恶毒的诅咒代替一般的信任，而实际上这些诅咒并不像表面上那样有约束力。当他们失信于正派人的时候，他们就会觉得不应该对自己的同伴承担什么义务来维持信义，除非是权宜之计。只有为了社会才是可靠和安全的，而反社会的人是要分裂的，是要走向自己反面的；他们是反面人物；终将瓦解和消失。这在特别严重的犯罪案件中是极为明显的，但在任何案件中也可以得到证实。我们的自身是社会性的；它要通过一种社团才能生存，而它也只有在社会中才能继续生存；一旦它与社团相反抗，它自身也就要归于失败，除非它能显示自己与其他社团休戚与共的关系。一个自我比起它所隶属的社团来，是脆弱的，如果它隶属于一个与更大的社会团体完全相对抗的团伙，它是不安全的；如果它隶属于几个互相否定的派系，它是无法与它们紧密结合的。只有投身于，只有等同于最有社会性的社团，自我才能得到最全面的体现。诚然，社会性的社团就是一些互相补充、互相支持的团体。最好的社会就是那种由多种多样的团体构成的社会，而这种多样化甚至能带来足够的刺激，能够带来足够的和谐。现实是社会性的，它与反社会或不现实的东西相对立而存在。对我们来说，现实的东西，就是那些得到我们所隶属的社团支持的东西。我们的语言、宗教都由于我们的社团而成为现实。大家都使用一种语言，也就为它赋予了生命；如果没有人使用这种语言，它也就失去了生命。大家都崇拜一个神，也就为它增加了神圣之光；如果他的信徒跑掉了，那他也就暮色沉沉了。

思想本身也是社会性的。一位研究数学的思想家，将会按照数学方法寻求真理，而且往往认为其他方法是不可靠的。鲁伊斯（Royce）[1]认为黑格尔没有抓住自我的本质，因为他蔑视数学对自我的表述，并把它称为不结果实的计算。黑格尔嘲笑数学，认为除了理论什么也没有，他认为只有自己的辩证法才揭示了关于实在的真理。鲁伊斯说："但是，归根结底，如果说所有理论（*alle Theorie*）都是灰色的（*grau*）而生命金色之树（*grün des Lebens Goldener Baum*）才是绿色的，那么，哲学家，只要他还是一个思想家，就只能在辛苦的探索生命本质的工作中与他的同行，即数学家一起分享与死去的树叶、与从生命之树上折下来或砍下来的树干打交道的命运。数学家的兴趣与哲学家的兴趣不同。但是二者都不能把抽象据为己有……而且，到头来，他们还是能互相学习的。"[2]然而，这二者都认为自己的基础比对方更扎实。对柏拉图来说，数学形式显示了实体的本质。而在亚里士多德看来，并非如此。社会决定了他们二人以不同的方法走向现实：柏拉图是作为数学家而接受教育的，而亚里士多德是作为物理学家接受教育的。有些学派既不是以数学，也不是以逻辑或医学来解释现实。在很大程度上，我们可以说男女都有各自的现实，而且，每一种年龄、每一种职

---

❶ 鲁伊斯（Royce, 1855~1916），一译鲁一士，美国新黑格尔主义者。——译者
❷ 参阅鲁伊斯：《世界与个人》，卷一的附录论文，第526页。

业和行业都有各自的现实。每一种人都用自己的术语、自己的俚语解释生活。海员把胖子称为"大桅杆"（A heavy-beamed craft that!），而牧场工人则把城市中的诊疗所称为"过冬的好地方！"不仅是俚语，而且所有的技术词汇都表达了某一社团的兴趣。"最地道的英语"属于"最地道的阶级"，或者，它是"最优秀作家"的特殊用语。在每一个社团看来，其他社团的成语都是陌生的，甚至是不正当的。很难相信外国人用他们那种怪腔怪调的语言能和我们自己一样进行交谈。

　　当各种不同的社团集体相处时，它们的成员只能承认现实是社会性的；但是，要他们平等地参加每个社团构成的现实则是不可能的，即使他们也承认这一现实。威廉·詹姆斯说过，一个男人不可能既是哲学家又是专门勾引女人的色棍，还是一位乐天派（bon vivant），他不可能兼而有之。在希腊语或音乐上丢掉虚荣，并且钻研一门学问，比如心理学，那该是何等轻松啊！但是，无论一个人忽视了什么东西，他也肯定会注视某种东西的，而且，使一切成为现实的东西就是信仰这一切的那个社团。正如萧伯纳所说，中世纪信仰的是圣水，我们相信的是疫苗。我们有些人热衷于棒球，有些人则热衷于桥牌。运动员除了忠于体育什么也不关心，他们对体育了如指掌，津津乐道，把时间全花在体育上了。如果有人对他们的冠军和记录一无所知，他们就把他当成傻瓜，尽管大多数人从来没听过他们，也不关心他们是否有什么冠军和记录。一个小团体会培养一种特殊的兴趣，而且会由于外人的冷漠和蔑视而受到刺激，就像一个秘密社团，就像任何社团一样。它们祭坛上的火之所以被视若珍宝，是因为这火使他们燃烧起来。

　　但是，也有大多数人并不完全隶属于任何社团。他们一面试图与别人相处得更密切，一面又随时准备可能摆脱出来。小说就可以帮助他们做到这点，而这也正是小说能够广泛流传的原因。但是，它一方面是生活的伟大助手，一方面又成了生活的可怜代用品。因为小说体现了生活中的真实价值，因此，让生活留在虚构中也就等于失去了价值感，从而也使小说本身失去了趣味。就其本身而言，小说也像任何艺术本身一样是乏味的。艺术是从它与其他非审美经验的关系中获得价值的。艺术先于使其产生价值的问题，而后于使其失去价值的解决。

　　价值就是问题的投影。虚弱的需要力量，贫穷的需要财富，困倦的需要安静，年轻的需要成熟，年老的需要恢复青春。对一个人产生魅力的艺术，就是对他的需要的再现，它几乎就是关于他性格的准确无误的索引。然而，鉴于性格是变化不定的，也可以说这是个容易出错的索引。否则评论就是徒劳的。如果人们都像奶牛吃盐那么自然地找到他们所需要的东西，都像狗躲避烟草那样本能地避开伤害，那么，他们就不像某些人认为的那样需要规劝了，而他们也确实不需要规劝。如果像他们需要的那样，他们有了不同的祖先、不同的身体和头脑，那么，他们也不会需要规劝了；如果让他们自然生长，他们也不会留意什么规劝不规劝的。大多数评论都像是说给耳聋者的忠告，它们说如果他们能欣赏音乐那将是奇妙的事，这些评论也像是说给盲人的忠告，它们说如果他们能观看绘画那才是一种福气。另一方面，有许多人并不了解他们自己只需要一些指导就能看、就能听，而评论家就能给予这种帮助。正如学生需要教师指导读书一样，人们也需要评论家指点才知道应该读些什么书。人们并不是自然而然学会读书的，但是，在他们学会读书之后，他们就能自然地读书了；同样，在形成审美趣味之前，人们并不是自然而然地就会欣赏好作品和欣赏其他从生活中提炼的精髓的，但是，在他们学会欣赏之后，他们也就能自然地更喜欢它们了。对优秀文学的审美趣味就如同对橄榄的爱好一样都是后天培养的，而且也像它一样是自然而然的。当然，有些人从体质上就不能消化某些食物；同样，有些人从先天上就不能欣赏艺术和文学中的某些事物。但是，大多数人是通过学习才能饮用除了牛奶和水之外的饮料的，甚至消化坚硬的食物的，因此，他们也是通过学习才能消化比童年时代的精神食粮更复杂的精神食品的。婴儿的第一次饥饿只需要乳汁，但是，随着不断调整对他的喂养，他的食欲也复杂了，直到他不再满足于乳汁，直到他希望吃到橄榄。同样，一个人渴了会使他走向饮水，但是，如果他喜欢饮刺激性饮料了，那么，他很快就不会满足于普通的饮水了。

一种新的兴趣可以变得和旧的爱好一样自然，而且往往比旧的爱好更急迫。但是，当理智想去节制或压抑这种新的兴趣时，也许就会出现伤害。如果出现了精神消化不良症，那么，调节饮食也和日常生活是同样重要的。阅读和吃饭一样，对这个人来说是美味佳肴，对另外的人来说就是致病的根苗，而对一个虚弱的心灵来说，滥饮滥食比对一个软弱的肠胃更有害。起码可以这样说，儿童不应该饮用（非法酿造的）威士忌（moonshine），同样，他们也不应该在精神尚未成熟时就在文学的私酿饮料上放纵起来。当人的趣味从原始状态扩大时，趣味可以变好也可以变坏，而且，如果人只能以生活必需品来维持生命，那么，他就只有完全依靠牛奶和水度日了。

真理的光芒总有自己的阴影，理解力增加了，可能是好事也可能是坏事；人们摆脱了天真，也许走向了邪恶，也许会走向道德；人摆脱了动物状态，既能变成魔鬼，也能变成天使。最坏的恶和最好的善，同属于心灵，而这二者都在文学中得到了最完整的再现。因此，对那些会阅读的人来说，他们的灵魂是染于苍还是染于黄都由自己掌握，这就要看他是走向彼得罗·阿雷蒂诺（Pietro Aretino）❶还是走向但丁的作品了！萧伯纳说应该把好书从图书馆的书架上撤下去，这样人们可能就会在阅读中放纵自己的邪恶，而在生活中遵从道德了。如果书籍真成了生活的代用品，那么，这个论点就不会显得华而不实了。但是，正因为书籍只是生活的指南，因此，不要让书籍把人们引向堕落还是重要的。如果书籍给我们正确的指导，它们对我们的影响就是好的，如果它们把我们引向歧途，那么这种影响就是坏的。然而，即使是一部坏书，无论它的诱惑力有多强，只要我们

❶ 彼得罗·阿雷蒂诺（Pietro Aretino, 1492~1556），文艺复兴时期意大利作家，多才多艺，有剧作、讽刺诗文和艳情十四行诗等作品。——译者

认识到其中的毒素，它也就不攻自破了，而它的形式作为其卑劣内容的媒介也不能挽救它。如果我们只从小说本身来考虑小说，那么它们就无所谓好与坏，它们是否有什么含义也就无从说起。如果学生们把小说作为一门课程来读小说，他们很可能会厌烦起来；反之，如果他们在其他课程之余作为消遣去读小说，他们就会喜欢它们。一个从小说中得到无穷乐趣的人，就像奥勃赖恩的《南海中的白色阴影》中的船长，把这些小说甩在身后，渐渐消失了，就像一个淡漠下去的白日梦境、或像一艘轮船的尾浪。这样的人是不会感到厌烦的，因为他已经超越了欣赏，他甚至也会吸鸦片。小说的价值是共鸣的，它来自生活又返回生活，正如海洋小说的魅力来自大海，反过来，又以康拉德或皮埃尔·洛蒂（Conrad or Pierre Loti）的情感弥漫了海洋，也像爱情小说的兴趣来自爱情，只是它又为爱情带来了更多的兴趣，因此，真正的爱情比起没有小说虚构时的情感还要美好。艾德纳·圣文森特·米莱曾说过：

> 于是，我发誓："我要用我的整个心爱着你"，
> 用我曾对她发誓的莉莉斯的心爱着你，
> 用莱斯比亚和鲁克里斯的爱情爱着你，
> 假如海伦有什么不幸，或是青春消去，
> 或是拘守在希腊的家园，
> 我的爱情一定要遭受摧残。

她还曾说过：

> 伊索尔德和我们一样的恋人一起一饮而尽，
> 奎尼维尔从她的门中接受了苔伯尔的遗体，
> 弗朗西斯卡耳边响着大声的浪花，
> 让这些彩色的书掉落在地上。

艺术总是从一个原本不是审美的兴趣中产生的，然后变成一种具有自身魅力的兴趣。

现在，我们再回到关于坏书的讨论上来：它们也确实再现了一些价值，86 不过，它们把某些价值夸大了以至损害了其他不应忽视的价值。即使这样的作品，也能带来一些好处：它可以告诉读者，破坏个性的完整而过分培养一些少数的兴趣是有害的。一本坏书绝不会具有一本好书（对一个平衡的心灵）所具有的力量，因为它只吸引了这个读者的一部分，一本书的坏处就在它的偏颇和局限。人们经常说，那些使某些书变坏了的质量，在人们认为是好书的作品中表现得更强有力。而这些特征之所以使其他的书成为坏书，就在于他们脱离了比例。就本身而言，任何价值都不是坏的，只有当它们在再现中脱离了恰当关系时才是坏的，而且，我们一旦认识到它们的扭曲，它们也就失去了可能暂时会有的那种庸俗的吸引力。正如弥尔顿所说：

> 邪恶闯入上帝或人的心灵，
>
> 来来复去去，全无定形，
>
> 去后无影也无踪。

我们必须从经验中认识什么是真正的尺度和平衡；我们必须用生活来检验小说的虚构，而且要知道，只有把我们引向美好生活的虚构才是好的。不管是什么东西，只要对我们有利就是好的，当然我们也许会照顾自己虚弱的兄弟不要跌倒。保罗曾说，如果人要有信心，那么，在上帝面前他一定要对自身具有信心，他还说："人在自己以为可行的事上能不自责，就有福了。若有疑心而吃的，（或阅读的！）就必有罪，因为他吃不是出于信心。凡不出于信心的都是罪。"监督的人只能监督自己，因为对87 "不纯"的东西来说，一切东西都是纯，而对清教徒来说，即使是圣物也是不纯。如果《旧约》的某些章节落到异教的清教徒手上，将是再糟糕不过的事了。如果这些《旧约》的章节落入了柏拉图理想国的范围，柏拉图肯定会感到惊恐不已。然而，信徒们却认为这毫无害处！随着我们知识的增长，随着真理的光明越来越明亮，邪恶已经像一个虚幻的阴影退去了。在历史上有谁是高等评论不能洗刷的反面人物呢？如果阿雷蒂诺仅仅具有他的长处，即诱惑力（或者是任何圣徒都有而他所缺乏的东西吧），如果阿雷蒂诺只是在他们闪光的沙滩上嬉戏，而不是在小巷中用泥饼玷污了双手，那么，我们今天指着他骂他是个坏孩子就是毫无道理了。为什么不是这样，他甚至连希腊文和拉丁文都不认识，他还大言不惭地说他从来没读过任何书，这也许正好掩饰了他在教育上的缺陷，掩饰了他不读书的事实。谈到他的蛮横，他的粗暴，还有他猥亵的语言，难道这一切都不能显示出他并不具备什么光彩的品质？那些因为没有任何人照顾，也没有后院可以玩耍的流浪儿高高兴兴地从街头闯进了少年法庭，阿雷蒂诺也是这样，因为他散发出自己洋溢的感情，他还有一点点的乐趣。正是他的邪恶使他得到了活力，只要稍加教育，这些邪恶完全可能变成美德。他具有创造性的本能，他用泥巴就能完成最好的建筑，无论他用什么好东西写出一些作品，比如，他的《基督生平》，他所得到的赞扬可能都是从某个好邻居那里偷盗来的。说到他与提香的亲密关系，人们不是羡慕他对这个好人的尊崇，而是说，他们完全不能理解，甚至还有人认为，也许提香不像大家想象的那样好，否则就不会结交这样的人。无论如何，他对某些恩惠还是感恩的，因此从没有敲诈过提香，但是，毫不奇怪的是他对那些蔑视他的公子王孙进行了鞭笞，尽管公子王孙的蔑视并不是他们的过错，因为他们的母亲禁止他们与他来往，另外，这也不能责怪他们的母亲，因为无论他的心地怎样，外表上看起来他总是一个声名狼藉的无赖。无论怎样，如果我们能带着这种理解去读他的作品，我们又能受到什么伤害呢？

在文学中决定好与坏的唯一方法就是考虑它所再现的价值以及再现的程度如何。那些用一种比我们对价值的了解更舒适的样式表现了价值的作品是令人鼓舞的，但是，那些低于日常生活水平的作品是无法吸引读者

88

的，我们的生活组织得越好，低于我们的作品也就越多，而超过我们的作
品也就越少，也许有一天我们会和桑塔亚纳一样，认为我们只能读某些最
优秀作家的最优秀作品！但是，那些购买最新小说的人，就和那些购买最
新式男子服饰用品的人一样，他们对任何人生见解（*Lebensanschauung*）
都感到满意，只要它们是刚刚出笼的就行。

　　无论是好是坏，要从生活中得到更多的东西总是不满、不安而又急切
的，正是它们驱使人们转向了小说，从普通的作品转向更好的作品。另一
方面，好的小说往往会使人们对日常生活感到不满。它们不仅回答了现存
的需要，也启发了人们新的需要。由问题中产生价值的力量很难超过由价
值中产生问题的力量。欲望能使一个目的充满希望，看到了目的就能够燃
起希望。青年男子的爱情会使任何姑娘的生活都过得美好，但是，一个美
丽超群的少女会使铁石心肠也闪烁出光芒。不顺心的境遇能使人产生美好
的梦想，但是，对天国的瞻望却令伊甸园也失去光彩。悲惨总会引起同情
和慈悲，但是，当伟大的悲剧作家把这悲惨推上舞台的时候，即使那些不
易动情的人也难以抑制自己的情感。男孩子自然会对自己伙伴的体育才能
赞不绝口，但是，当他看到奥林匹克运动员时，他的赞美马上就会被那种
难以想象的能力所激发。也许他看到了米隆（Myron）雕塑的一个理想的奥
林匹克运动员塑像，就会对艺术欣赏不已，艺术就是把人的梦想以人所不
曾想象的形式体现出来的那种力量。这个男孩子对艺术的热情与他原来对
体育的热情很相似，但是，它比前者更高级，一种不能再被自然形式满足
的欲望只能通过雕塑家的理想形象得到满足，甚至雕塑家的理想形象也不
能使它得到满足，因为，最高级的艺术总是向往自己所不能达到的形式，
一旦人们受到吸引而陷入对这些神妙精髓的沉思，他们也就触动了一种凡
人所无法满足的渴望。于是人们就会思索，究竟这原始的刺激是由一个问
题（它投射出了自身解决的理想）驱动的，还是从一种理想（它返回到使
其产生出来的问题）而引出的？这种最终极的问题也许是无法回答的。我
们所知道的就是：问题的作用就是驱动，理想的作用就在于吸引。问题产
生了价值就如军舰升起了军旗，而价值吸收了问题，就像军舰吸引了后面

89

90

的旋涡。有时希望成了思想的根源，有时又恰恰相反。饥饿有时会引起食物的概念，有时想到食物又使人增加了饥饿，反过来饥饿又让人更加想念食物。如果一个淡漠的欲望只能引起微弱的满足意念，那么，这个意念就往往会使这个淡漠欲望成为明确的目标，反过来，它又使偶然中的想象成了固定而执着的追求。如果说希望产生了思想，那么，这个思想也养育了希望，在人间天堂肯定会出现这种情况。

于是，可以说，文学不是一个避风港和隐蔽所，而是一种挑战。正如对那些生活厌倦、忍辱负重的人来说，文学的价值就是安慰、就是劝解；对那些饱食终日、脑满肠肥的人来说，文学的价值就是调味品；而对于那些准备寻求新的境界，寻求更高层次上的觉醒人生的人来说，文学更大的价值就是一曲起床号。雪莱说过："诗人就是鼓吹战斗的号角，诗人就是世界上尚未得到承认的立法者。"

第五章

什么是个性

小说可以帮助人们看到他们正在探索、正在渴望的东西。小说展现了人们的梦想而又超越了人们的梦想，小说为人们的想象打开了新的天地。小说使人更清楚地看到自己，看到别人，也看到自己的未来。在小说中，人们就像在镜子中一样看到了社会，就像在水晶中一样看到了社会的未来。它引导人们看到了自己的灵魂，重新领略了童年的辛酸，预先品尝了老年的悔恨和无奈。小说包括了全部的人生：婴儿时期，少年时代，青年和老年阶段，在想象中展现了开始、上升和下降的过程，一章接着一章，展开了人生的画卷，人生的全部历史就是一个故事，这部历史就如同印刷和装订在这部正在阅读着的小说中的书页一样，日日夜夜，漫长悠久。人的命运再也不是写在缀满繁星的黑暗天空上了而是写在充满希望的预言书册上，其中很少写到它们所赋有的含义，写到生死、写到天地的含义。这一切写得是如此之快，就像神在宣讲预言，其中最宝贵的书页是用最美丽的文字书写的，是最精心地保留下来的，它记载了人的精神，记载了人的诞生、重生和得救。

文学与科学相比，它的长处就在于能更直接地、能用自己的语言再现

人生。科学用的语言是符号和公式，这些符号和公式与目前的讨论是不相

融的，因为科学打算摆脱人的日常生活的观点，它打算"按照其本身的样子"来看待世界。但是，文学所关注的只是按照世界在不同情绪和情感中呈现给人的样子去再现世界，它要通过为心灵所熟悉的语言媒介而不是通过有意回避感性联想的技术语汇来完成这一再现。在文学中，语言并不限于为我们的思想产物服务，因为它们也许会超出我们的思想范围，但是，思想只能为思想服务，推理只能由推理来再现，因此，理念只能代表理念，按照贝克莱的说法理念全部合法的代表只能是理念。有人认为，由于贝克莱早年曾致力于空洞的浪漫文学，所以他对物质感到厌恶，所以他热情地要证明只有理想才是真实的。他至少已经证明了对人类的心灵来说，世界就是它所呈现的那个样子。因此，即使是最空洞的浪漫文学，如果它表现了一种真实经验的情感，那么，它就是绝对的真实；反之，即使是唯物主义关于物质的叙述也肯定会超出我们的经验，因此，在我们看来就是不真实的。但是，现代科学正在把物质稀释直至与我们的精神相近，直至事实上世界不再存在什么事实为止。物质是虚构的，因此，小说的基础不仅没有被科学削弱，反而被它重新肯定了。事实也是虚构的，只有虚构才是事实；科学是文学的一个部门，是人类精神表现的一部分。这也就是说，只有当科学成为文学的时候，只有当它在人生的历史个性与特殊性中表现人生的时候，它才是名副其实的科学。但是，科学为了其自身的实际目的必须是抽象和概括的，反之，文学为了其自身审美目的绝不能为了呆头呆脑地叙述人生而牺牲它辉煌灿烂的生命力，文学是人生价值的特写镜头。现在，小说成了文学的主导形式，其原因就是在于它最有能力在一部作品中把个人作为一个人，把社会作为一个整体的意义表现出来。

　　在小说中，正如在其所再现的生活中一样，重要的是观点和态度。因此，青年时代的莎士比亚虽然是个年轻屠夫，可是每当杀猪的时候他总要做一番讲演并安排一种仪式。职业的名称是毫无意义的，重要的是一个人对自己职业的态度：有人把艺术当作自己的职业，也有人把自己的职业当作艺术，就像古希腊的诡辩学者一样。除了健康之外，每个人所关注

93

的事就是在生活中他有兴趣钻研的东西。斯蒂文森承认，在小时候他不愿意学习拼写字母，只有他把自己想象成一个坐在桌前的商人，他才有兴趣学习。有些人只是把自己想象成商人时才觉得事事如意，一旦离开了商店就感到焦躁难耐，而且他们从来也不想退休。斯蒂文森到了老年时，只是把自己看作是一个文人才增强了克服最不顺利条件的勇气。扮演的角色不同，其结果并无多大区别，只要它能使一个人有足够的兴趣把自己最好的东西表演出来就行。一个人只要保持这种游戏态度，他就能在经营商店或经营任何像游戏一样有趣的事业时继续保持津津有味的兴趣。

一旦某个角色抓住了人的想象力，他就会高兴地做任何他认为是属于这个角色的事情，就像年轻的艺术家能够忍受、甚至会主动去寻找狭小阁楼的艰苦一样。唐·吉诃德就是每个扮演角色的人的化身，虽然跌下了马，受到了嘲弄，但他又翻身上马，继续扮演这个角色，他喜欢一切属于这个角色的东西，阅读有关书籍，认真地把最伟大的演员的解释融合到这个角色中。一个孩子只是凭着游戏的兴趣而不是靠强制才能做完一些事，成年人也是如此。有些人做了很重要的工作，往往觉得什么也没干，因为在他们看来，这一切都是游戏。不幸的是，大多数人都是出于必需而工作的；只要情况是这样，他们对自己的工作就不会有兴趣。那些最没有想象力的人，往往承担了世界上最令人沮丧的工作，而那些最有能力看到自己工作意义的人却担任了最有吸引力的角色，这似乎是不公平的。另一方面，轻松的环境对敏感的、想象力丰富的心灵造成的负担往往比严峻的环境对感觉迟钝的心灵造成的负担还要沉重，因为想象力既是祝福也是诅咒。无论如何，为了使工作变得似乎有价值，必须要有某种游戏兴趣。汤姆·莎耶发现，如果灌注了某些趣味，即使是单调辛苦的工作，也会有人抢着做。宗教的吸引力主要在于它能够通过历书、礼仪和游行行列最大限度地帮助人们把人生戏剧化了，宗教中的大批理想人物也使人们在枯燥中得到了伴侣。而这也是文学的使命：为心灵展现了社会，同时有趣地解释了人生。因为，人生要忍受它的悲惨境遇，就必须为它的光辉做出奉献，必须使自己的欢乐得到升华，而它的哀愁也就明显地减弱了；人生的痛苦 *95* 必须转变成欢乐，就如痛苦的十字架已经变成救赎的甜美标记一样。

除非人们把生活当作游戏，人生可能是毫无趣味的。尽管商业人员为顾客服务是一件高兴的事，但是，如果他们不能从中得到乐趣，他们也不会愉快工作的，同样，一些专业人员，如科学家、艺术家和哲学家也是如此。一个尚未决定从事何种工作的青年可能是很不幸福的，因为他在人生戏剧中没有找到角色，因此，只有当他找到了自己的角色时，他才会真正地分享人生的趣味。他会羡慕裁缝挥舞着大剪刀，羡慕火车司机操纵着控制杆，羡慕聪明的银行职员的熟练手指，甚至还会羡慕开电梯的小伙子和那些看门的人。他之所以羡慕他们，不是因为他们为世界做了什么贡献，也不是因为他们得到了自己的报酬，而是因为他们在人生戏剧的演员表上写上了自己的名字，而自己还是榜上无名，还没分到角色。过去他也曾经有过自己的角色：童年时他是学校的小学生，高中和大学时他曾是青年学生。但是，他现在会希望重新找到自己的角色，找到那离他而去的角色。也有些玩世不恭的人为自己不担任任何角色而自豪，但是，正常的人都会要求参加演出的，如果他有了演出的机会，他就会研究角色并兴致勃勃地进行排演。詹姆斯曾指出，一个人能够很快地养成职业习惯，而且不足为奇的是：如果他打算做一个医生或律师，做一个屠夫或面包师，他就会尽可能迅速地养成适当的风度，以便使自己和别人都知道自己真的在扮演那种角色。正是在我们自以为长大了的心境中，我们才真的长大了，我们自以为满怀信心，结果我们也果然变得信心十足了，我们以为是在扮演一种 *96* 角色，结果我们真的成了一个人物。

我们每个人都在扮演角色：当表演我们认为属于自己的角色时，我们就感到幸福，当我们脱离了这个人物的动作和台词时，我们就感到羞愧。无论是好还是坏，我们都是天生的演员，我们都会相信戏剧才是正事。当某些角色明显地适合其他人的时候，我们往往会产生一种斯多葛式的情感，即：给我们分配什么角色是小事，我们如何表演这个角色才是大事。

那些没有特性的人比起那些有特性但不合乎我们口味的人会使我们更厌烦，因为，如果能很好地表演，任何特性都是非凡的。那些没有任何"特性"使自己突出出来的人，只能在舞台上走一个过场或是在合唱队里滥竽充数，因为他们不能引起任何期望，因此也绝不会由于完成了这一特性而使我们产生审美快感，甚至它没有完成这一特性也绝不会让人感到不愉快。我们喜欢谈这样的人：我们一说"那个"人就指的是他，我们甚至能知道他"会干"些什么事，因为那只能是他干的。从一个角色真实性的审美意义来看，一个角色缺乏性格是无法弥补的，而无论它是什么角色。如果他的戏剧动机是生机勃勃和活泼欢快，就像达达尼昂（D'Artagnan） ❶一样，那么这也就成了我们对他的期望，而他一出现我们也就会兴奋起来：如果他的戏剧动机是懒惰和愚蠢，就如《匹克威克外传》中那个胖男孩一样，那么，这也正是我们要求的，他一出场我们就会欢乐起来。我们对人生戏剧中的角色所要求的就是他能引起我们突出的关注然后和谐地进行即席表演。如果他要像法官那样庄重严肃，那么，好了，他唯一的苦恼就是只有在他认为没有人注意自己时才能松弛一下。如果他要像小丑那样滑稽，那么，这也不错，但他的苦恼在于他不能严肃起来。如果可能的话，他可以做一个圣者；或者，如果可能的话，他也可以做一个罪人：只要他做一个真实的人，他在人生戏剧中的地位就不会落空。不论他是宽宏大量还是心胸狭窄，不论他是圣洁如玉还是劣迹斑斑，人们都会接受下来，因此，他就要保持下去，把这个性格表演到最后一幕。

为了说明这一点，我们自然会想到历史，在历史中，各时代的伟大人物都相继出现了；也许我们会想到虚构的文学作品，在那里，生活着一些想象出来的没有年代的人物。历史中的伟大人物要挣脱与自己实际活动不

---

❶ 达达尼昂（D'Artagnan），大仲马的小说《三个火枪手》中的主要角色，是非常著名的西方大剑侠。他是17世纪法国路易十三和路易十四时期著名的皇家火枪队队官。——译者

协调、不相干的迷雾而得到自由，而虚构作品中的伟大人物是从他们的创作者头脑中诞生时就得到自由的。要在他们当中去发现我们周围生活中的真实人物只能得到失望，尽管这时或那时我们以一种惊奇的痛苦也确实发现了一些人物，有时是在豪华的住宅里，但更多的时候是在大街上。最为突出的是，一个乞丐很像一个戏剧人物，因此，多罗西·理查森说她并不怜悯他们，她要为他们感谢上帝。一个乞丐必须用全部精力扮演自己的角色才能取得成功，而我们大多数人只用一半的精力就能扮演那些比较轻松的角色，这往往会冲淡我们个性的色彩。一个教师或一个牧师，一个商店店主，一个职员，当他不十分喜爱自己的职业时，就会掩饰能够暴露自己职业的语言和习惯，因此，也就丧失了自己的个性。但是，如果一个人要做乞丐，他就必须像一个地地道道的乞丐，他必须在言语和外表上都像一个乞丐，他必须积极扮演这个角色，他是受到压力而去做人的；而他所乞求的人，尽管他也许是电话簿上有名有姓的人物，但在大街上他只是一个过客。这并不是说我们所有的人都应该成为乞丐，也不是说我们应该从事某些稀奇古怪的职业。只要我们能够满足真实的自我，我们也就用不着变得古里古怪了。然而，有一种错觉，我们认为个性就是怪癖，因此，我们甚至把反常视为正常：现在常规成了非常规的东西，以至只有按照常规行事才能不落俗套。98

然而，要认识"实现自我"（to be one's self）是什么含义，还是困难的。如果"实现自我"的含义就在于选择自己的角色并且坚持下去，那可能太简单了，但是，仅是这一点对大多数人来说，就已经很难做到了。无论是装腔作势的人（poseur）还是普通人，都不会专门扮演一种角色。也没有任何一个角色能使人得到彻底的满足，如果真能如此，那么，世界也会迫使人们不时地变换自己的角色，就像大歌剧公司的做法一样。于是，在人们扮演一些不同的主要角色之外，人们还可以选择许多小的角色，或者说，由于日常生活中的一些细小活动和事件，这些小角色闯入了人生。一个人也许不得不扮演厨师、守门人或园丁的角色。一个完整的个性包括了许多兴趣，而每个兴趣本身从理论上或从实践上都可以构成一个人物。因此，人们总是互相欣赏别人的姿势和言谈举止。在人生中，在小说中，在舞台上，一些突出的角色把一些特定动作和表情据为己有，以至根据这些动作和表情我们就能进入这些角色。因此，对一个自我进行分析往往就像检查杂技演员中表演吞技的演员的胃口一样是令人吃惊的，后者的胃里装有大量的大头针、钉子、图钉和其他意想不到的东西。杰基尔医生和海德克先生的故事❶非常离奇，一个人身上只具有双重人格是不可思议的。比如，仅仅从阅读中我们就可以为一个人开列出这样一张"自我"存货单：

当他读到大仲马时，他就是斯蒂文森；当他兑现一张支票时，他就是柯尔贝尔（Colbert）面前的达达尼昂；当他努力写一些东西的时候，他就是正在撰写论文的优美的阿拉米斯（Aramis）；当他与一个大年龄的姑娘恋爱时，他又成了莎士比亚；当他与一个孩子恋爱时，他就是爱伦·坡❷、就是魏尔兰❸或是道森❹；当他与一个成熟的妇女恋爱时，他又是《黑暗花朵》（*The Dark Flower*）中的青年；他患了消化不良症时，他又成了威廉·詹姆斯；当他阅读《圣经》时，他就是鲁滨逊；而当他阅读《鲁滨逊漂流记》时，他又成了《月亮宝石》（*The Moonstone*）中的老乘务员；当他阅读骑士—游侠故事时，他就成了唐·吉诃德或塞万提斯本人，当他阅读唐·吉诃德时，他又成了从《纯粹理性批判》（*Die kritik der Reinen Vernunft*）的辛勤写作中解脱出来的康德；当他阅读康德的著作时，他就成了吸鸦片者（Opium Eater）；

---

❶ 典出英国作家斯蒂文森同名小说《杰基尔和海德克先生的怪案》，一译《隐身博士》。主人公因服用自配药物，时而变恶，时而变善，具有双重性格。——译者
❷ 埃德加·爱伦·坡（Edgar Allan Poe，1809～1849），美国诗人、短篇小说家、批评家。——译者
❸ 魏尔兰（Paul Verlaine，1844～1896），法国诗人，象征主义者。——译者
❹ 道森（Ernest Dowson，1867～1900），英国百年最佳诗人。——译者

当他大声朗读时，他就是德奎因斯 ❶ 或者是斯温伯恩；当他长途散步时，他又是斯温伯恩或狄更斯；跑步时，他又是桑松；溜冰时他是歌德，游泳时他是拜伦；扬帆出海时他就是雪莱；打牌时他又成了《死屋手记》（ *The House of the Dead* ）中的陀思妥耶夫斯基；当他躺在床上读书时，他又是杰克·伦敦；当他用上午写信时，他就是梅尔勒夫人（ Madame Merle ），这个《一位贵妇人的画像》中老于世故的妇女；当他在太阳下晒套服时，他就是《鱼海泪波》（ *Pêcheur d'Islande* ）中的扬（ Yann ），他在军舰上这样出了名；当他刮脸时，他又是《拯救》（ *The Rescue* ）中的老水手；当他留了胡须时，他就是约瑟夫·康拉德；当他日以继夜地刻苦学习时，他就是圣絮尔皮斯的《修道院》（ *Seminary* ）中的谢瓦利埃·德斯·格吕尤克斯；当他锻炼时，他就是伊夫堡（ *Château d'If* ）❷ 中的埃德蒙·邓蒂斯——当他只是自己时，他就谁也不是。

　　最使人感到困窘的事就是别人告诫你要实现自我。当一个人真的实现了自我时，他的自我也就消失了，因为除去他吸收进来的其他自我之外，自我什么也不是。开始时一个人没有什么自我；自我不是天赋而是由于占有了其他自我，由于吸收了周围的社会，由于在心灵中举办了一个沙龙而得到的成果。经过与别人交谈和接受了他们的角色，儿童才会以自己的身份说话。幼儿只有通过与他人的交往，才能开始用与别人相同的方式对自己得到的刺激做出反应，他才能把自己放到别人的位置上，把别人的个性变成自己的，只有这时，他才有了自我。当某些姿势对于做出这些姿势的人与对于其他人来说都具有相同含义时就出现了对话，换言之，当双方都通过自己的反应而理解了对方所发出的刺激时就出现了对话。用别的方式

❶ 德奎因斯（ Thomas De Quincey, 1786～1869 ），英国评论家和散文家。——译者
❷ 伊夫堡距法国马赛港2公里地中海一小岛，弗朗索瓦二世（ 1544～1560 ）曾在岛上建堡作为监狱。——译者

100

他就无法站到别人的位置上，就不能与别人谈话。用这种方法，儿童很快学会了如何接近不同的人并且讨好他们，通过站到别人的位置上，接受别人的角色，他懂得了怎样才能吸引他们。有心计的孩子或成人就是那些最能体会他人的观点的人，他们会在一开始就收敛那些不受欢迎的姿势以避免使别人难堪，因为他们会像别人一样看待这些姿势，有时甚至比别人

101 更早就能发现这点，这样他们就能调整和约束自己的举止以获得他人的满意。正因为如此，他们才能从别人可能要说给他或写给他的东西中看出此人的心意，这正如他们从此人给他们的公开答复中看出的一样。他很少用他不能理解的语言或他感到讨厌的腔调对别人讲话，除非他是有意故弄玄虚或激怒别人。他有时甚至会对婴儿学娃娃腔，而且夹杂着异国腔调。在不同的人面前，他本人就是不同的人，因此，如果把他所有的朋友都邀请来参加同一次聚会，那么，局面会是很尴尬的。自我是社会性的，它是由一个人所曾交往的许多自我构成的，虽然，当其从社会中发展起来之后，看起来是与世隔绝的，但是，他不可能从孤独中成长；因为，尽管最初的时候，社会外于自我，而现在它已经被包容在其中了。一个人可以与自己进行交谈，换言之，就是进行思维，当他吸收了不同人物的角色时，他就可以在自己的内在讲坛上滔滔不绝地讲起来。当他进行思维时，他自身的内部至少有两个对话者。儿童除了至少把一个自我吸收进来，以对抗他的自我并且将这个自我引发出来，他是无法思维的。因为他的自我就像神仙一样，当另外的自我把他释放出来时他就出现了，当另外的自我离去时，他又收缩于无形。正如电极不可能只有一个极一样，自我也不可能是孤立的。梅德教授说过，一个自我就是对自身能成为一个自我的东西。考虑到同一个人可以根据不同的角色采用不同的观点，就可以清楚地看到自我的社会性特征。另外，做梦也是一个例证。在梦境中我们从来不是孤独

102 的：有几个个性构成了我们的每个自我，这在思维中只是会话时的声音，而在梦境中，他们被赋予了形式，而我们觉得与所有个性都是同一的，就好

像我们同时就真是这许多人一样。

然而，仅仅是大量的自我还不可能创造一个完整的自我：还必须通过不断获得新的自我而发展。当我们从周围的人学到了他们的角色，他们也学到了我们的角色时，当我们自己心灵海湾中的潮汐因为停留在互相交往的外海中而不再涨落时，那种刺激和反应的潮流也就接近一条死的水平线了。当我们和对方在彼此开口之前就知道对方要说些什么的时候，互相之间的交谈就没有意义了，而且，当我们自身失去了新鲜的侧面时，我们也就失去了与自我交谈的兴趣。在我们将其他的自我吸收进来以前，我们没有自我，但是，如果我们把其他的自我全部吸收了，那么，我们也就失去了自我。随着把我们周围的崭新生活转化为我们自己黑暗精神中原始的非有（non-being），也就出现了幻灭，而黑暗的精神只有吸收了其他自我才能获得生气，只是当其用尽了自身的光明时，它才显得更黑暗。然而，这种完的吸收自我（self-absorption）和停滞也不能把人们压倒，因为在一个内部没有其他影响来点燃火花的世界里，它们是根本无法活动的。

人不得不不断地调整和修正自己的态度，吸收新的观点，每个人都会由于变换角色而振作起来，就像儿童由于扮演父母而精神焕发一样，因为这是对做儿童的一种解脱。在所有的时间内总是扮作自己的自我是单调无味的。扮演别人的角色是令人兴奋的，特别是扮演那些罕见的或远离我们的范围以至难于驯养的、难于使之成为我们驯顺的自我的角色，就是说，这样的角色很难在我们的后院驯养，而且它又能使我们完全脱离我们的狭小天地。因此，我们都乐于扮演那种能用一个浪漫的斗篷把我们平凡的自我包裹起来的角色，在这个斗篷的掩盖下，我们就能跨越出熟悉的场地。我们都喜欢做一些有个性的事情（things with style），就像汤姆·莎耶一样，因为，当我们用想象力、用特征（换言之，在性格上）去做一些事的时候，这些事就会给别人，给我们自己带来欢乐。当这样做事的时候，这件事就与另外的事情相等了，同时，做此事的人也就成了另外的人，因为

103

他已经扮演了别人的角色。这就使生活出现了曲折，使生活增添了趣味，因为它使我们有了自我意识。尽管能够生活就是幸福，就不同于树木、岩石，但是，如果我们不去享受周围最有生气的生活，即，那种具有自我意识的生活，那么，我们就是愚蠢的。

普通的、平常的意识是随着习惯动作的停顿而出现的，它带来了注意力的敏感、情感的深化以及机体摆脱困难的迅捷。所有的动物，或多或少肯定都具有这种意识，当他们陷入困境时这种意识就会出现，当它们摆脱困境时，这种意识又会消失。然而，此时除去空洞的康德的知觉统一体：自我（ego）之外，并没有出现我们所说的自我（self）。自我意识（self-consciousness）只是人类独有的，因为就我们是有意识的这一点而言，人类是唯一能够获得（独立于自身的）自我的生物。一只带回了食物的蚂蚁可以显示给它的同伴：食物就在附近，而大队的蚂蚁追随着它是因为它们看到它带来了食物，但是这只报信的蚂蚁显然并不知道自己对同伴显示了什么东西。然而，人可以把自己当作另外的人，并且能告诉自己他对同伴显示了什么，因此，他能意识到自己和自己的行为，因为他在自身中扮演了另外的角色，他能用别人的眼光看待自己。由于每个人都把他对别人讲的话告诉了自己，所以，他完全知道自己在说什么。人们在内心世界对自己向外部世界发出的刺激做出了反应；这样一来，每个人都在他的自我之内构造了别人的自我，因此，当后面这个自我充分发展起来之后，人的内部也就出现了一个与外部完全相同的社会。简言之，正如梅德教授所说，一个人甚至可以进行自我访问，并且在家里找到自己。

然而，他必须与他的自我保持新鲜的友谊，否则它就会消失，因为人们不可能对那些变得完全熟悉的东西保持清醒的认识。我们对自己最亲密的朋友的面容也许会模糊不清，同样，当我们在记忆中描绘自己的手表的表盘时可能也会出现这种情况，因为我们对他们（或它们）已经熟视无睹了，已经被掩藏在意识的角落里；反之，我们能清晰地记住那些与我们只有一面之缘的面孔或手表。我们对自己的朋友非常熟悉，根本不用想他长得是什么样子。开始时，我们对他的形象很清晰，随后，我们看到他只要能认出他是谁就行了，再往后，我们只注意到与他存在着固定联系的一个熟悉的姿势或声调——只要能给我们一个提示让我们做出接待他的反应就够了，诸如：我们称呼他时用的名字，我们要对他说的话以及应该向他保密的事，等等。在我们会见某一位刚刚结识不久的人时，我们要特别仔细和谨慎，在我们试着做出反应之前，我们不仅需要一个提示，而且必须要有几个提示，比如：他的身高、他戴的帽子、穿的外套、脸色和五官特征，等等；对于一位老朋友，我们就不用考虑这些提示了，这正如我们对一个熟悉的单词就用不着仔细研究它是用什么字母拼写出来的一样。陌生人的出现，加强了我们的意识，这对我们自己也产生了作用，使我们感到不自在，根据他们对我们的印象，我们也许感到难为情，我们也许会沾沾自喜；我们在这种刺激下会做出努力去吸引别人的赞赏；而在家人和亲密朋友这种内部范围中是不会得到赞赏的，因为在那里我们所做的一切都被当作理所应当的，就如同我们的头发和眼睛，如同我们整个的人一样。另一方面，我们内心中又更为急切地想给自己的熟人而不是陌生人留下深刻印象，因为这才是更伟大的胜利。也许陌生人更容易被我们吸引，因为对他们来说，我们最俗套、最呆板的成绩也都是新奇美妙的；也许陌生人在对我们进行评价时又过于固执和多疑，低估了我们新颖的、刚刚取得的成果，认为我们不过是在重演故伎。这样一来，又只有我们的熟人才有资格对我们进行评价了。在世界上，我们大家都不过是家庭马戏团的成员而已：观众或是惊叹、或是厌烦完全在于我们的演技是否壮观了，我们收取他们的报酬，对他们的掌声致谢，对他们的倒彩不予理睬，但是，他们欢呼的赞赏，刺人的指责却完全像一家人似的。在局外人面前意识到的那种自我叫作星期天自我（Sunday self），它具有特殊的风度和"和善"的音调（"Company" voice）；让世界去

105

106

评判吧，如果没有知心朋友揭穿我们的老底，我们可以一直做下去，但是，遇到了布鲁图斯（Brutus）❶这样的朋友我们就要原形毕露了。

自我意识是男人的特殊财产，这是他欢乐和悲哀的源泉。他的生活目的就是维护他的形象，如果他的生活使这幅画像丑陋不堪，它就会使他无法生活下去，这就如多利安·格雷（Dorian Gray）一样。原始社会的男人是通过彩绘和纹身来保持自我意识的，他用能够表示他是个美男子的那些饰物，用能够显示他是个勇猛斗士的那些猎物打扮自己。他往往用象征手法表现其最深刻的自我的社会性，他把自己的血与朋友的血混合起来，然后交换名字，这样每个人就可以成为别的人了。现代社会的男人更愿意通过自己制作或思考出来的作品表现自己，他们乐于打扮自己的妻子；他们也渴望得到许多人的承认，但是，他们只能从少数人的反应中得到满足。他们不能忍受那种使他个人感到不协调的环境。在平民生活中，男人都保持着自己的个性，但他们对穿着制服却会感到满足；而在监狱或军队生活中，制服则标志着个性的统一，穿着制服就会使他们恼怒。只要女人有自由去发展她的自我，她们就很少依靠衣饰来显示自我意识。如果她们能用更微妙的方式来显示自己的与众不同，那么，她们也会更满足于像其他人一样穿着打扮；但是，那些一直无法用其他方式发展个性的女人，则会迫不及待地把自己打扮得花枝招展。然而，甚至男子的服装式样也会发生变化，这反映了通过外部手段来表现自我意识的永不衰退的努力。如果人们不是为了登台表演，不是一直在扮演新的角色，在寻找新的角色，那么，
107 巴黎或伦敦某个默默无闻的人就不可能像舞台的导演那样让人们脱下一套衣服再穿上另一套衣服。有些人，比如斯蒂文森和马克·吐温，特别蔑视那些穿着一件天鹅绒短上衣或白色套服的导演，但是，通过服装来表现个

❶ 布鲁图斯（Marcus Juniuo Brutus，公元前85～公元前42），罗马帝国国务活动家，恺撒的密友和支持者，后来在公元前44年，带头在元老院谋杀了恺撒，使恺撒身受二十三处刺伤而亡。——译者

性的机会毕竟是有限的。我们每人穿着的服装比起未开化的人的服装，几乎没有什么特殊之处，但是，这却为我们向往无限多样化的心理提供了可能。W.H.哈德逊曾观察到，印第安部落的孩子在很小的时候就已经显得很老了，因为他们要学会像成年人那样安排生活只需要几年时间就够了；但是，在我们的社会中，有这样多的东西需要学习，如果一个人真要学会它们，恐怕就永远也长不大了。❶

儿童是欢乐的，因为他们一直在成长和变化着，前面充满了希望，身后又没有悔恨，而且，当儿童主宰了父母、教师和朋友们生活的某些部分时，反过来这些人，也从孩子们的身上学到了崭新的生活角色。由于每年都有新的儿童来到世界上，这个世界也增加了趣味；人们为了能最终适应这变动不居的世界，那些长大了的人们，肯定也像孩子们一样会遇到不断增加的困难。

有人认为，如果两个男人要一起在冰封的北方度过整个冬天，那么，他们就很可能引起互相之间的厌恶，因为每个人都占有了对方的全部角色，而在每个人的个性都被对方吸收并且消失之后，还不得不假装承认这里存在着两个人。在更长的时间里，三个人或四个人住在一起也会出现这种互相吸收的，虽然这不如两个人之间那么容易发生。然而，假如这里出现了什么问题，假如这同居一处的人对某些挫折和苦难都表示同感，那么，在各人的眼中这些人互相看起来不过就是自己的一个影子而已。在所有闭门裹足的家庭中往往就会出现这种情况，这些家庭中，每个成员都在其他人的身上发现了自己的缺陷和美德，甚至会达到担心失去自己的个性的程度。盖沙冷谈论过海上轮船生活的平庸乏味，由于人们必须群居终日，因此所有旅客的精神状态都会降低到同一水平。任何与世隔绝的社团的落后性都来源于此。自我意识依靠的是对其他自我的征服；当这些其他

108

---

❶ 歌德："天空中慈善的上帝！你看到的只是长大的孩子和年幼的孩子，如此而已。你对谁更感兴趣？对此，你的儿子早已做了声明。"

自我被彻底征服时，它们也就消失了。自我意识也许不会全部消失，或者说，这并无什么痛苦、并无什么情感，只不过是外界给他们带来或从中取走了某些动物性关系（animal relations）。最令人恼怒的事就是看到我们曾与之密切相处的人渐渐变得冷酷无情了，感到他们失去了自己的人道，自己的人格，与此同时，我们也失去了这些东西。甚至，似乎由于女巫喀耳刻（Circe）魔杖的影响，我们同伴的眼睛也变成了猴子般细小而专注的眼睛，他们的耳朵也变成了松鼠般毛茸茸的耳朵，他们在餐桌上的神态使我们想起了"一种杂食哺乳动物，长着长长的活动的鼻子，鼻子上又有一个扁平而宽并带有两孔的鼻端"。

109　　　一个儿童、一个客人都可以打破这种符咒，一本书也可能会有很大用处，但是，在原始的、偏远的地方，特别是在那些卷入了社会交往的地方，在战争中，在戏剧中，挽救了人性的那些东西也发挥了作用。男人通过吸收其他人的自我构成了自己的个性，而且，只要他不能与外界的人相接触，他就要在家里寻求自我体现（self-realization），而在家里是无法找到自我体现的，因为在家里每个人都吸收了其他人的个性，直至完全同化为止。因此，当外部没有战争与和平分散注意力时，内部就会出现民事和内部纠纷，如果这种隔绝延续很长时间，人的本性就会消失，除了原始状态一无所余。在与世隔绝的社团中，社会性与身体性的近亲繁殖同样会引起严重的退化。社团必须通过外部影响而开通风气。只要一个孩子在模仿父母的角色，而父母也在模仿他的角色，这家庭的气氛就会活跃起来，但是，一旦这个孩子达到了父母的极限，而父母也达到了孩子的极限，这对父母之间出现的就再也不是一个孩子了。然而，如果每个人的个性能够不断地从外界补充能量，那么，这个孩子就不会赶上他的父母，他的父母也不会赶上自己的孩子。

　　现代的旅游与通讯设施有可能使每个人避免在任何地方陷入陈腐，世界各地的新鲜事物每天都预先摆在早餐桌上了，假如，失去了新鲜感和奇异性，失去了距离和幻觉，那么，是否就会丧失个性呢？几百万年之后，如果世界的新鲜感达到了极限，也许会出现这种令人沮丧的结局，但是，在可以预见的将来肯定是不会出现的。相反，科学教导我们：人生在不断地升向新的水平，在那里涌现了许多在低级阶段是无法预料或想象的新价值。任何关于无机物的分析还从来没有表明同种元素的不同合成能够产生有机物 ❶；而任何关于原初生物的研究也从来没有显示过同种细胞的新生组织能够做出跑步、攀登，甚至思考、梦想和祈祷的活动。对儿童而言内省并不能预示他生活中未来可能出现的东西。因此，弗吉尼亚·吴尔夫笔下的黛洛维夫人曾对拉歇尔说："当你们长到我这个年纪时，你们就会看到，世界上充满了各种愉快的事。我认为青年人都有这样的错误认识。"❷

正如许多不同的细胞组成了身体一样，大量而多种多样的自我也构成了个性。直到几个自我合而为一时，才会出现一个自我，但是，如果这许多自我彻底融合为一体，这个自我也将不复存在。一方面，人们把这种融合为一体的现象视为个性的死亡而避之唯恐不及；另一方面，某些人又把这种死亡视为人格之外的新生命的诞生，在其中，造物又与造物者合并起来。尽管西方世界的大多数人都希望与众不同，但除非以一种不会引起他人注目的令人难以觉察的方式，他们就不敢去思考，去打扮，像黎修斯（Lisieux）的小花那样的孩子还在寻找遗忘，还在渴望朦胧，圣彼得也随着她的贞洁之光而燃烧起来。

然而，大多数人都希望突出自己的个性（to be personal）。个性最伟大的助手也许就是种族中永远对两性都具有神秘感的差异性。一个男人和一个女人单独生活在荒野之中，很可能要比同性的正常生活中的人们能更长久地保持自己的个性。但是，随着过多的亲近，甚至性的诱惑力也会消失。欧仁·奥尼尔在他的《岛屿》（*Ile*）中描写了一个人的妻子由于返回文明生活的时间被延误，经过了两年捕鲸生活之后陷入了彻底的疯狂状

110

111

❶ 此书是1928年的初版，因此有些观点已经落伍。1965年我国首创合成人工胰岛素就证明了这一观点已经落后。——译者
❷ 参阅《远航》，第58页。

态。因为一个人要在长时期内孤独地保持自己的个性是极为困难的。鲁滨逊为了能保持他的自我采取了一些预防措施，这就说明了他是多么害怕丧失他的自我。他在一个柱子上刻下缺痕作为日历，每天阅读《圣经》，每天用冲淡的墨水记日记，他像对待自己那样爱护他的猫和狗，而且，他把来到木栅前面的星期五作为自己灵魂的拯救那样欢迎。因为他保留了一船的物资，他是幸运的，这不仅是因为它们能够提供物质帮助，而且还因为这些物资使他与更大的自我建立了联系。这种好运气也许就在他与被放逐到《金银岛》上的本·固恩（Ben Gunn）之间造成了区别，同样，这在他与儒勒·凡尔纳的《神秘岛》中描述的塔布岛上的野人之间也造成了区别，鲁滨逊保持了自我意识，而后二者则丧失了自我意识。

那些成功地保持了起初是通过与他人交往而获得的自我意识与人性的隐士们，往往要借助于图书，借助于与圣者的理想式伙伴关系才能通过幻想中的交流保持这种自我意识与人性。然而，一个神秘地与世隔绝的隐士，由于开始时他具有丰富的角色储存，后来又凭借死记硬背而把它们记住，又把这些角色完全吸收混合以至无法使任何一个角色与其他角色相对立，值得怀疑的是，究竟是他能够无限制地保持自己的人性呢？还是他由于形成了习惯可以自动地不用想到这点就能在所有过程中都这样做呢？图书将是他唯一的希望，但是，由于图书是从社会中取得它们的含义的，因此，一个完全与伙伴隔绝的人就不可能继续理解书中的含义了，正如我们不可能欣赏其他文化的图书一样，除非我们能够与它们发生联系。一个婴儿被孤独地遗弃在丛林中与野兽一起生活，就如人猿泰山（Tarzan of the Apes）一样，就不可能构成一种人类的自我，其不可能正如一个人很难在隔绝状态中保持一个完整无缺的个性。人类的整个族类用了漫长的岁月才创造了人性（human nature），而且，它还要作为整个族类去使这个人性生存下去。人类的自我不可能在一个局限性的社团中生存下去；然而，在今天，任何社团都是有局限性的，他们不是面向人类的整个过去、现在和未来开放的。

一个个性是由许许多多自我构成的。为了保持自我的多重性，它们必

须是形形色色的而不能被融合，另外，为了保持它们形形色色的特点，它
们又必须不断地从外界得到补充。这就是我们盼望成长起来，盼望走出家
庭，盼望结交新朋友，盼望阅读新的小说的原因所在。我们往往对童年生
活，对家庭，对老朋友，对旧日读过的书籍情意绵绵，其原因也在于此。
我们需要新的经验，但是，我们往往欣赏旧日经验的安全。家庭对于安心
生活的孩子与对于浪子，其意义有很大区别。当我们闭户不能外出时，我
们就会苦闷地凭窗望着路上的行人，而这些行人也许正在渴望回到家中。
如果说能到海外经历一番冒险是浪漫的，那么，能回到自己的城堡脱下身
上的盔甲就要谢天谢地了。正是经历了离家的苦楚，我们才更加喜爱家中
的炉火。托马斯·莫尔爵士在切尔西（Chelsea）喂鸟的情景简直就是一幅
家庭幸福的画图，因为从这里我们可以看到他摆脱了亨利八世不平静的王
宫而享受到短暂的喘息。

　　老朋友也是家庭的一个组成部分，他们即使离开了我们，我们也会真
实地感觉到他们。有些朋友和我们关系极为密切，情同手足，尽管多年之
中我们几乎没有意识到他们，但是，与他们别离还是令人伤感的，因为别
离使我们痛切地意识到了互相的关系，意识到我们自己。当我们离开旧日
的家园和朋友时，他们就增加了新的魅力，因为，他们已经成为我们自身
的组成部分，而别离的时刻却把他们推入这样一种情景：我们再也不能像
忽视我们的身体、我们周围的事物那样忽视他们了，别离的时刻又再一次
把他们推上了我们的视线，他们就是在这里第一次进入我们视野的，在这
里我们能轻松地注视着他们，并且从中得到欢乐，就像我们从注视着地平
线上的船只得到快乐一样。斯蒂文森在他从维利马（Vailima）写给锡德
尼·柯尔文的信中也曾表露了这种观点：

　　　　虽然我很少给你写信，但是，我在田野中工作的几个小
　　时里却一直在和你交谈着，在想象中给你写信。我几乎连一
　　棵野草都没有除掉，但是我却构思出一句要向你叙说的话，
　　当然，我没有把它写下来；这是一件非常理想的工作（autant

113

emportent les vents），但是，这就是情意，对我来说（这就是某种）友谊。就说今天吧，我就和你聊了好一大阵……即使我走过生命的整个旅程，展望前途，回顾过去，历尽升沉浮降（尽管我很虚弱，很难改变我的本性）我也不会改变我的环境，除非命运把你我安排在一起。上帝也许认为这种书信往来就能发挥作用，但是，如果你真的来到我身旁，我却有些怀疑我还能否继续和你交流思想？我虽说"有些怀疑"，但是，我知道，我恐怕是不会的❶。

114

　　沃尔特·佩特说过："一个人是由其周围实际见到的朋友的言行和表情，即他内心中的精神理想构成的"，❷但是，当朋友不在我们身边时，他的精神并不因此就在我们心里削弱了，而且由于肉体形式的分离，反而会突出他的精神。然而，这种肉体形式的分离仍是一种分离，因为我们都渴望与他人接触，当有可能重新团聚时，这种渴望的心情之急切甚至有如别离，因为这会再一次使我们突出地和彻底地意识到我们自身。与新结识的朋友相会是谨慎而拘束的，但是，与老朋友团聚则有如分别的江河重又汇合。

　　就像家园和旧日的朋友一样，童年一旦逝去，也会令人悔恨。孩子都盼望像父母一样生活，盼望长大，但是，父母会更高兴像儿童一样生活，更高兴回到青年时代。一生永远停留在童年，显然是没有趣味的，但是，把自己想象成一个长大了的人并去梦想自己的将来却非常有趣。然而，与过去的童年相比，成人的生活也是十分平庸无味的。个性朝着成人的世界向上成长，然而又渴望着过去；就像那些葡萄藤一样，它们把根重新扎到

❶《书信集》，第三卷，第288页，第289页。
❷《享乐主义者马里乌斯》（当代文库版），第254页。

自己从中生长出来的土地里。斯蒂文森把佩皮斯的《日记》 ❶ 解释为他对从前的自我的爱。当佩皮斯看到昔日的自我从身边逝去了，他不仅试图召唤它们回来，而且还从他未来的自我的角度看待他实际的自我，甚至，给 *115* 这未来的自我写信。斯蒂文森注意到我们每个人都有这种做法，当我们在我们的书上题字时，往往写上阅读的时间、地点，就是这样。斯蒂文森对自己过去童年的怀恋就记录在他的《一个孩子的诗园》（*A Child's Garden of Verse*）中。法朗士的《朋友的书》（*Le Livre de Mon Ami*）是小说家给我们留下的关于童年的最有温情的并且令人神往的回忆，❷而普鲁斯特的《追忆逝水年华》（*A la Recherche du Temps Perdu*）则是其中最为神妙的一部。

威廉·詹姆斯说："我们每个人都有这样的时刻，即过去经历的完全重演。什么是这样的时刻呢？这样的时刻就是：从感情上回忆起那些曾经有过，但已一去不返的东西的时候，在这时刻，对这些东西的兴趣又形成了我们的这种情感：我们过去的自我也已非复旧观了。如果情况真是如此，那么，一些将会构成过去更完整的画面的细节，无论多么琐 *116* 杂也会加强现在与过去之间的反差，而我们沉思的中心兴趣正是由这种

---

❶ 佩皮斯（一译皮普斯），（Samuel Pepys，1633～1703），英国散文作家，政治家。他对英国文学的最大贡献就是他的《日记》（1825）。他用速记符号写日记，历时9年，长达2500页，是1660～1669年间英国政治生活和历史的生动记录，也是他日常生活的记录，他的文笔自然流畅，引人入胜。——译者

❷ 我要告诉你每年我都在回想什么东西，我在想秋天的天空，在想每年第一次点了灯才吃的晚餐，还有树上瑟瑟的秋叶，我还要告诉你，十月初我穿过卢森堡公园时（巴黎的一个公园，里面有王宫，建于1615～1620年，该公园甚大，在巴黎A火车站对面，公园外面有许多咖啡馆，附近是学校区。——译者）看到的一些事物，那时的公园有些凄凉，但比往日更美丽，那时一片片树叶飘落到雕像的白色肩头上。我看到公园里有一个小男孩，双手插在口袋里，背上背着帆布包，像一只小麻雀，一跳一跳地上学去了。我的头脑完全被他占据了，他像个影子，这个影子就是二十五年前的我。我确实对他很感兴趣，这个小家伙。他在我面前的时候，我并没有注意他。可是现在他走了，我却有些想念他。总之，他比起其他的一切都更有价值。他毛手毛脚，但他并不淘气，我必须说句公道话：他没给我留下一点不好的印象，我想念他是很自然的事，他总浮现在我的脑际，而我的心灵从对他的回忆中也得到了快乐，这也是情理之中的事。

反差构成的。"　❶

　　我们这个时代也有类似的兴趣，这是由人类的童年发展而来的：我们对史前期的自我也有一种情感，这就如我们对幼年期和学生时期的自我所抱的情感一样，因而，我们也像佩皮斯一样意识到了我们的目前，并且为了即将来临的世纪中的未来自我而努力把它记录下来。自我意识似乎是男人的主要目的，没有自我意识他就没有自我，没有自我意识男人就不成其为男人。他通过把自己放到别人的位置上并把他们的自我吸收进来而确立了自我意识，而且，这种对外在自我的征服只有把它们纳入一个内在的帝国才能完成。获得了许多成分之后，一个男人的主要问题就是男子汉的角色名称（Title-role）❷、就是他最杰出的个性问题，这一问题将约束他的许多细小性格并构成他可以称之为"自己"（himself）的那个多种自我的统一。一个个性不仅包容了许多角色，适合于与形形色色的人物交往，适合于在变化万千的环境中活动，而且它也对所有这些角色作出了与众不同的解释，就像在同一个壁橱中存放的不同的衣服，但散发的香水气味却是相同的。一种观点能产生一种特殊的图景，它使我们看到的世界不同于别人看到的世界，这就是个性或自我意识的本质。

　　自我意识并不是令人发烧的羞愧窘态。这种令人不快的场面是因为自我的突然解体而产生的，就是说：我们做了某件我们认为自己不应该做的事，我们摆脱了这件事，并宣称做了这件事我们就丧失了自我，于是就可以或者去掩饰它以适应真正的自我，或者将它遗忘。只要这种窘境或懊悔在继续，我们就无法意识到自我，而只能意识到自我的丧失。如果我们一定承认这种行为也是我们的组成部分，那么，我们会认为这是我们邪恶的自我而不是我们善良的自我或真正的自我；在此情况下，我们认识到差异过大以至无法融合的不是一个自我，而是许多自我。许多自我的差异性对

---

❶　参阅《心理学原理》，第一卷，第571页。
❷　这个英语单词的意思为剧名角色、片名角色，即与剧本名称同名的角色，如：《佐罗》《莫扎特》等，如直译过来令人费解，故作一点变动。——译者

于自我来说是必要的，但是，如果它们的差异性特别悬殊，那么，自我就会瓦解。我们假设有两个人一起居住在荒野之中，而且他们由于各自的自我与对方融合了而互相仇恨，可以猜测出来，一旦他们各自的自我中出现了突出的分歧而妨碍了感情融洽，这种仇恨就开始了。一个个性中具有许许多多的自我，这往往很危险，一方面由于互相之间绝对地温顺以至无法相互影响，另一方面由于互相之间严重对立以至无法协调，任何一种情况都会把个性毁掉，因为个性必须同时具有异质性和同质性，二者中任何一者超过了限度都会造成致命的后果。

　　每个人都在努力寻求许多充满生气的其他自我，并把它们全部纳入一个统一的人生计划而使其保持一致。这种寻求许多自我（它们将构成一个自我）的努力是重要的当务之急，而且每个人都在寻找有益的线索和建议。那些已经获得了有趣个性的人则成了人们广泛瞩目的对象：他们成了追求自我意识的领袖，而他们当中最杰出的人就是小说家。

　　个性除去其作为个人的自我意识对他具有一种重要性之外，它作为社 *118* 会的生长点（growing-point）还具有更广泛的意义。风俗习惯和社会的普遍文化特征在个人内部都经过了改造。杜威曾指出："经过这样的处理，它们就成了一个对象的犹豫、多疑、实验性的预期。它们是大众和众多事物的'主观性'（即个体性）代用品。在实际运行中、在思考中它们也许会消失于公共事物中，而公共事物没有它们又不能作为经验对象而存在。" ❶这些在社会中不以个人特点，笼统地发挥作用的普遍文化特征只是在每个人的头脑中才受到检验，在这里，它们受到怀疑，而且互相进行清算。作为一个自我，由于它们是通过吸收了它周围（milieu）的许多看法和反应而发展的，它认识到其中存在着的差异和缺陷。为了保持它的一致性，并作为一个自我统一起来，它必须做出调整，而这个调整一方面是对已存在的公共事物的思考，一方面又是对它们可能出现的变化的预期。自我只有吸

❶ 参阅《实验逻辑论文集》，第228页。

收了其他自我才能成其为自我，另外，只有当这些其他自我被纳入了梅德教授所说的"普遍化的其他"（generalized other）之中，或被纳入了作为整体的社会与个人相对立的社会组织时才能彻底建立起来。一个人是以普遍化的其他开始他的生活的。一个人不可能摆脱这个普遍化的其他，除非他不再是他本人，因为这就是他本人与社会的关系。这不仅是他的自我，也是社会每个成员的自我。在个人之内零散地存在的社会就是普遍化的其他。梅德先生曾以体育运动对它进行了说明。

一个男孩子只有在内心中对一支球队的每个位置都熟悉起来，才能真正地在各个位置上充当一名球手。为了当一名一垒手，他必须能够站在投球手、击球手、本垒运动员和外场员的立场上考虑问题，他必须懂得在一场棒球运动的配合中每个队员的职责是什么，以便认识到自己的职责。他必须按照普遍化的其他来指导和检查自己的每个动作，而这个普遍化的其他是根据他对其他角色的体验在自身之中建立起来的。在任何社会性组织中，一个人的成败都取决于他与普遍化的其他相一致地组织自己反应的能力。机敏、成功的人在别人尚未觉察之际就对自己刚刚进行的活动做出了反应，并且将那些可能引起反感的活动压抑下去。他能够设身处地考虑问题，能够分担他人的情感，并与他人的情绪保持一致，因为，由于在他自身之内聚合了他人的自我，他只有根据自己的各种情感才能安排自己的举止。这样一个人与每个人都是协调的，因为反过来，他也就是每个人，他是男人，也是女人和儿童，他既快乐又悲哀，他既兴奋又疲惫，在相当大的程度上，他能在每一个关键时刻都对自己的朋友抱有同感，这样一来，他就能够知道每个环境对他会提出什么要求，就像一名好的球队队员一样。

正如某些人只能参加一种或两种体育运动，同样，有些人也只能适应很少的几种社团，除此之外，他们就会感到紧张和尴尬。除了某种程度是生而有之的能力之外，经验在那些只能在乡间小店前的木桶上悠然而坐的乡巴佬与那些在世界上任何大公司里都旁若无人的世界公民以及对一切时间和存在都苦思冥想的哲学家之间造成了差别。一个男人的个性是以其所吸收的和在其自身中普遍化了的那个社会的范围来度量的。他的素质是以其面对社会的角度来测量的。但是，一般而言，社会的普遍化的其他总是大于任何个人。它就是人类的社会性自我，它就是以人类为形式的活生生的一个个人。当一个人的个性发展并且变得更加社会化的时候，他就能更多地了解这个普遍化的其他，但是，它对任何人都不可能暴露无遗，而每个人对它也不可能得到相同的印象。然而，无论男人们参加了什么社团，他们通过这普遍化的其他都具有共同之处。

我们与普遍化的其他之间的关系是不固定的，因为它不是固定的，我们也不是固定的。它曾经超越了我们任何人，但是，当我们长大了，我们也就认识了它的许许多多的侧面。然而，在我们成长时，我们每个人都互相影响着，以至这普遍化的其他也得到调整。我们每个人都把一些新奇的东西推到了社会上，虽然单凭我们任何人都不可能在一夜之间就使它得到改造，而且，所有的人也不可能做到这一点。这普遍化的其他是我们祖先留下的遗产，虽然有些已经陈旧了，有些已经不再时髦，但是，它是在那些工作在其中的个人内部逐步重新确立起来的。在每个自我内部根据其经验而普遍化的社会性世界就是对过去曾经存在的世界的思考，就是对未来将会出现的世界的预测。

第 六 章

小说怎样影响个性

个人只要他表达自己对生活的看法，那么，个人内部进行着的社

————▲ 会重建（the reconstruct of society）就会变得显而易见。而在目
前，这种表达最流行的媒介就是小说。小说家通过流露自己的
情感，表达了他所隶属的社团所感觉的东西。与小说家共同生活的其他人
以及他们对表达自己生活的愿望就是他的灵感。当小说家体验到了各种传
统、风俗和人类需要之间的冲突和摩擦而大众又对此沉默不语的时候，他
就呐喊，他指出了希望的征象，他展示了可以成为理想的事物的景象。他
指出了社会的弊病，也指出了社会是怎样在重建。

如果他是现实主义小说家，他就会直接地做到这点，如果他是浪漫
主义小说家，他就会间接地做到这点。浪漫主义对社会弊病的反应就是
去构造一种生活在超现实世界中的自我，而通往这种世界最方便的途径
不是建造一个崭新的世界，而是转向过去，在人们的理想中，古代可能
包括了现实中所缺少的那些东西。中世纪在古老的传奇故事中，已经被
理想化了，它只需要经司各特加以修饰即可适应他那时代的趣味。他笔
下的人物几乎没有虚构什么历史色彩，也不是行吟诗人歌颂的英雄；他
们是当代化装舞会上的英国人。他们的服饰是中世纪的，而思想却是

同时代的。确定了故事发生的时代、人物的服装以及一些城堡之后，司各特只需要使他的想象力按照白日梦境的理想法则穿插其间、写出他的梦想并与读者共同分享就行了。白日梦境的法则是什么呢？如果男人很平庸而女人也没有灵感，那么，就来一些豪勇的骑士和美丽而忧伤的女子，如果商业没有什么风险或战争是很麻烦的事，那么，就来一些与中国人的丝绸生意和反对撒拉逊人的十字军远征，总之要制造一些能使人愉快地脱离现实的情境。

　　斯蒂文森说过：

> 真正使我们摆脱了缄默的不是小说人物，而是其中的插曲。我们希望在我们身上发生的某些事情、我们很久就在幻想中徜徉的某些情境，在小说中以那些引人入胜和合情合理的细节出现了。于是，我们忘掉了其中的人物，我们把主人公推到一边，自己投身到由我们熟悉的人构成的故事中，并且沉浸到新鲜的经验中。这时，而且也只有这时，我们才能说我们读了一个浪漫的故事……虚构小说之于成年人就如游戏之于儿童，正是在小说中，他才改变了自己生活的气氛和进程，当游戏特别有趣以至他把全部身心都投入其中的时候，当它处处令他欢快不已，当它令读者乐于回味，并且以无穷的乐趣使人忘怀其中时，这部小说才称得上浪漫。❶

　　按照这个标准来说，大仲马的作品就是最高级的浪漫主义作品，因为人们认为没有任何别的作家为如此众多的读者提供了这种乐趣。一位法国著名外科医生告诉小仲马："在我们医院所有痊愈或死去的病人枕头下都可以找到一本你父亲写的小说。每当我们希望他们忘掉临近的手术带来的

123

---

❶《闲话浪漫》。

恐惧以及恢复期间的单调乏味时，甚至希望他们忘掉对死亡的畏惧时，我们开的处方都是你父亲写的一部小说，而且疗效很好。"❶

乔治·桑在她的小说《莫普拉》的序言中承认浪漫小说逃离了艰难痛苦的世界。她说她是在为了离婚进行辩护之后写作这部小说的，那时，婚姻对她显示了婚姻准则的全部的道德之美，而她曾对婚姻的弊病进行过抨击。她对于摆脱婚姻的束缚越是感到悲愁，她也就越发觉得婚姻中缺少的东西就是幸福和秩序中的平等，而这又是非常崇高的以至社会无法全神贯注于此。因此，她说，在写作小说来使自己忘怀烦恼的时候，她就会产生一种想法：要描绘一种专一的爱情、在结婚之前、婚姻之中以及婚姻之后都是永恒的爱情。她说，她的情感可以用在《莫普拉》这部小说结尾处莫普拉说的几句话来概括，这就是："她是我唯一终生爱过的女人；世上再没有别的女人吸引过我的目光，也再没有别的女人接受过我的抚摸。"

报偿在斯蒂文森的作品中也占有重要的位置，比如，他对最令人沮丧的健康状况所进行的抗争就是一种报偿。从思想来看，他可以被列为现代的禁欲主义者；但是，从他的小说来看，他是彻底的浪漫主义者。他的小说场面被安排在色彩丰富的过去，并且充满了激动人心的冒险。也许任何评论家犯的错误都比不上威廉·阿切尔，他给斯蒂文森写信时指出他的乐观主义简直就像精神饱满的猎狐者，因此，他又说，如果他斯蒂文森真有什么病，那么，他自己应该完全能够治好它！当斯蒂文森（R. L. S.）回信说，他卧床不起已经快两年了，这位评论家则规劝他，既然如此，他就没有权利抱有这种乐观的观点！任何英雄豪杰在这位勇敢的评论家面前都应该甘拜下风。斯蒂文森小说中的人物为读者留下了方便的余地，他们可以把自己的自我插入其中的情境。斯蒂文森常常使用的第一人称叙事形式就有助于此。谁是吉姆·豪金斯？简单地说，每个阅读《金银岛》的男孩子

_124_

---

❶ 转引自詹姆斯·奥德涅尔·本涅特在《芝加哥论坛》上发表的一篇关于《三个火枪手》的论文。

都是豪金斯。此外，小说对其他人物也做了一些简短分析，以便帮助读者缓和一下由纯粹动作造成的紧张感。对一个海盗式的人物来说，所有必备的东西不过就是两把手枪和一对金耳环，也许再加上一条木腿。斯蒂文森写的信中有一段可以说明他对浪漫的看法，他说：

> 当我在精神上遭受痛苦时，小说就成了我的避难所；我把它们当作鸦片，而且我认为一个写小说的人就是一个治疗精神痛苦的医生。坦率地讲……在我们处于战斗关键的时刻，我们不会沉湎于莎士比亚，当然也不会沉湎于乔治·艾略特❶，甚至连巴尔扎克也不会吸引人的。此时我们需要的是查尔斯·里德，或大仲马，或《天方夜谭》，或司各特的杰作，我们需要的是小说，而不是再现了世界的浓厚的诗歌功能，我们喜欢的是即兴赋诗的亚洲人或是中世纪的行吟诗人。我们需要情节、兴趣和动作：用你的哲学对抗邪恶。当我们平安无事、当我们心境平和的时候，我们再来细细拜读您的大作；但是，现在我们需要的是医药。因此，当我准备忘怀一切，准备埋头于一部小说的时候，我就像一头鸵鸟钻入了灌木丛，让宿命和运气随便打我的屁股吧。❷

与这些浪漫主义的逃避现实的作品相反，还有一些小说是与我们周围世界打交道的。在小说家着手按事物本来面貌进行写作时，无论如何，他都会发现除去浪漫主义本身的困难之外，浪漫主义还歪曲了人们的视觉，破坏了事物的朴实景象。于是，现实主义者的首要任务就是纠正浪漫主 *125*

---

❶ 艾略特（George Eliot, 1819~1880），英国女小说家，原名玛丽·安·埃文斯，笃信宗教，著名作品有《弗洛斯河上的磨坊》《织工马南》。代表作为《米德尔马奇》。——译者
❷ 《书信集》（斯克里勃内尔1917年版），第一卷，第322页。

义。以此为目的写作的小说中最伟大的作品之一就是《唐·吉诃德》，这
部作品指出了过多地阅读游侠—骑士小说会使人如何违背常识。尽管这部作
品公平地评价了骑士制度理想的美，但，这位贫困、衰老、怪诞的贵族也
绝不能成为一个喜剧人物，因为他所夸大的理想已经被抬高到这种程度，
甚至对这种理想的荒谬崇拜行为也受到人们的羡慕。如果没有勇敢、忠诚
和荣誉这些信念，我们几乎连唐·吉诃德的仆人都比不上，而这些信念是
通过《阿玛迪斯·德·高拉》（*The Amadis of Gaul*）❶和唐·吉诃德的书
房中其他的骑士小说而变为我们的社会遗产的，所有这些信念都在他本人
身上体现出来了。塞万提斯表现道德并没有放弃这些理想，他是从精神上
而不是在口头上观察这些理想的，因为，归根结底，口头只是空话而已。
问题在于人们很少有这种想象力去吸收和适应浪漫的理想，因此，他们
只好按照书本去接受这些理想，如果没有这些书本，他们就只有叹息，就
只有虚度时光，但是，只有孩子们才有这种唐·吉诃德式的勇气：把一只
铁盆凿成头盔，并且得意扬扬地顶在头上。在这部杰作中，塞万提斯明确
地指出了浪漫主义理想的内在价值，这正如柏拉图在他的《理想国》第二
篇以表面上看起来好像是最倒霉的正直人为例说明了正义的真正价值一
样，这也像《圣经》中的《约伯记》的作者所指出的，正直就是对上帝的
无私的爱，它本身就是酬报。受尽奇耻大辱的唐·吉诃德对于那些只知背
诵谚语的人来说仍然是个佼佼者。由于受了那邪恶的妖术的影响，这位年
老的骑士在别人看来就是个傻瓜，在他自己看来，他的骑士气概却是最
美的东西。

　　福楼拜的《包法利夫人》也表明了浪漫主义小说的危险。在小说中，
这伤害了爱玛（Emma）的心灵。"她巴不得自己也住在一所古老庄园里，
如同那些腰身细长的中世纪贵妇人一样，整天在尖顶窗的三叶形装饰底下

126

---

❶ 十六世纪西班牙骑士小说，是奥多尼兹·德·蒙塔罗由十三世纪葡萄牙文学发展而来，后译为
法文，流行非常广泛。——译者

消磨时光，胳膊肘支着石头窗台，手托着下巴，遥望一位白羽骑士，胯下骑一匹黑马，从田野远处疾驰而来。"❶她不能容忍自己的丈夫，即那位乏味的乡村医生，她与别的男人的风流韵事也是索然无味，她的奢华无度使她堕落，最后被迫自杀。然而她在服装和行动上都扮演了一个外省永维镇浪漫太太的角色，而且，她的情感也有某些唐·吉诃德为男子留下的东西。二者的头脑同样都是一团糟，但也有区别。唐·吉诃德受了浪漫主义的激励变得慷慨了，有了绅士气派，他到国外要去解救弱小和受欺压的人们。反之，这种骑士理想的女性版本并没有激励她们为别人的利益去思想、去行动，它只是告诉那些漂亮的读者如何打扮自己、如何交叉着洒了香水的双手，退到她们的阁楼中，在那里，她们对外面的世界甚至连望也不望一眼，除非在她们的镜子中看看它那梦幻般的景象。

127

从骑士制度的理想中，男人们现在也许还能得到一些有益的刺激。他也许会把困难当作向他的勇敢提出挑战的巨人，就如同唐·吉诃德把风车当作巨人的化身一样。但是，对现代妇女来说，一位理想中的骑士的太太就大不相同了，这位太太只会神魂颠倒，只会带着治疗昏厥的嗅盐。甚至对于男人来说，在见诸行动时，浪漫主义小说也是危险的，因为，当人们梦想成为英雄的机会到来时，有的人也许连动也动不得了，就像康拉德笔下的吉姆老爷（Lord Jim）一样。然而，吉姆老爷最终还是以似乎合理的方式实现了自己的梦想，这说明为了明白起见，"浪漫"这一个字眼最好还是限定在涉指那些根本无法实现的、没有任何理智健全的人会真的想去实现的白日梦境为好。浪漫就是一场游戏，就是一种消遣。它不是让人们生活得更充实，而是让人们在生活中得到一种松弛。浪漫就是从真实向梦境的一次飞行。另一方面，"冒险"可以使人更深地潜入实际的人生，它意味着对所有在单调无聊的闭户生活中遭到否定的那些东西的（诸如：在

---

❶ 《包法利夫人》，上卷，第六节，译文引自李健吾先生的中译本，此处译者做了某些改动。——译者

远洋中、在充满奇异危险的异国的生活）最热切的追求，冒险的基础在于
可能的王国，它不像浪漫小说那样毫无实现的希望。没有一个美国佬真会
希望走进亚瑟王的皇宫，但是，许多美国的男孩子都跑向了大海，而这也
就使杰克·伦敦比起马洛礼 ❶ 或霍华德·派尔来要更令人激动。他写的那
些令人神往的地方在学生地图册上都可以找到，而他本人竟然亲身到过那
里。浪漫主义小说是另一个世界的事，而冒险则是发生在这个世界另一边
的事。杰克·伦敦的小说《月亮谷》中有个男孩子说：

128

> 如果你不知道这小山之外还有什么，不知道山外还
> 有什么山，你不觉得你像个死人吗？那里就是金门桥！再
> 往外面就是太平洋，就是中国、日本、就是印度……还有
> 珊瑚岛。穿过金门桥你可以走向四面八方，去澳洲、去非
> 洲、去海豹岛、去北极、去合恩角。伙计，所有这些地方
> 正等着我去看它们呢。我在奥克兰住了一辈子了，从今以
> 后我再也不想住下去了，一天也不想住了。我要启程了，
> 我要走了…… ❷

无论是陆地还是海洋，都能激起人们旅游的热情。《马可·波罗游
记》、帕克曼的《俄勒冈纪行》、吉卜林的《吉姆》、哈德逊的《绿色大
厦》，这些以及其他关于漫游的故事都使读者获得了海洋小说所包含的价
值。冒险就是观察世界，就是使男人在其中确立自我。冒险不光是对异国
风光的观察，在冒险中所寻求的乃是新的自我。里贝伽·韦斯特 ❸ 把冒险
称为"催化人生的手，十六岁的男孩离开学校做了水手，就从孩子一下变

---

❶ 马洛礼（Thomas Mallory, 1395～1471），英国散文作家，著有《亚瑟王之死》。——译者
❷ 《月亮谷》，第263、264页。
❸ 里贝伽·韦斯特（Rebecca West），英国女小说家、评论家。她的长篇小说以心理分析见长，
著名的有《军人还乡》（1918）、《法官》（1922）、《泉水流溢》（1957）等。——译者

成了男子汉"❶。

　　浪漫就是装假（make-believe）；冒险就是一种信念：一个人在别的地方就能发挥更大的能量，到任何离家远远的地方去。但是，涉及生活的实际问题，这二者又都只是权宜之计。对于那些在现实世界中不得不待在家里的人来说，二者都不能提供直接的帮助，因为现实的人都不得不待在家里，他们走到哪里都一样要带着他们的自我，就如蜗牛之于它们的外壳。于是，比浪漫和冒险故事更有价值的就是那些揭示了现实、揭示了日常生活、揭示了家庭生活中的浪漫与冒险的小说了。这就是人们寻求的启示，人们在这些小说中确实得到了启示，而这也就说明了他们为什么对这些小说感兴趣。当他们思索这种启示的时候，大多数人都知道，他们要待在何处，要前往何方是无关宏旨的，但是，至于他们是哪一种人，则是世界上的头等大事。只要一个人能做一个正派的君子，那么一切都好。我们所有困难中最关键的问题就是个性，正因为小说家理解到这一点，我们才阅读他们的作品。

　　除了维持动物性机体之外，男人最主要的当务之急就是发展他的社会性自我或个性。因为社会性自我是通过吸收他人的角色发展的，因此，他的注意力始终关注着自己的伙伴。如何在不同的环境中活动，社会弊病在哪里，谁是最有教养的人以及什么是他们最高雅的举止——这些都是男人经常思考或谈论的问题。但是，实际的社会阅历并不丰富：千千万万的群众中只有少数人才能在任何社交界都结识了朋友。然而，个性的扩展并不会因为这种情况而受到挫折。如果一个男人阅读一本小说，那就等于找到一个性格指南，并且找到一个广阔的活动场所。在小说的许多封面之间什么样的社会没有呢？巴黎、伦敦、罗马、我们的大草原以及西伯利亚没有树林的大平原，这里包罗了天涯海角，也包括了人类学、心理学、历史学的知识，而获得所有这些知识却不用担心如何在科学中去应用它们，因为

───────────

❶《法官》，第363页。

任何人都不会从小说中去学习微积分！

小说是极为重要的，但它不是通往浪漫或冒险的大道而是走向现实的出路，对成熟的思想来说，仅是这一点就有无穷的兴趣，它把其他一切兴趣都吸收了。把小说看作游戏和白日梦境的精华最后就是对小说最好的理解。在游戏中，个性是通过吸收别的角色构成的，在个性得以发展的游戏中，个性要比某个人在偶然遇到的活动中能得到更自由的表达或"发挥"。学校曾试图利用它的游戏趣味，但是，由于这一趣味是自发的和个人性的，因此，它绝不能由外部的东西来加以充分的引导，也绝不能被排除，尽管它可以得到某些指导或补充。同样，一个男人在工作中出现了白日梦境，他就会想到即将来临的情境，也许在不眠之夜他还要重演这些情境，他把自己投射到未来的图景中。但是，一个男人很难把全部兴趣都放在他的正式职业上，可是这样却很好；因为他对周围的广阔世界还有更多的好奇心，他就能够开阔自己的见闻，就能与世界产生共鸣，就能恰当地调整自己以适应这个世界。一个男人通过特定的想象力扮演不同的角色而发展了自己的个性，这与一个儿童在游戏中模仿不同角色而发展了个性完全相同，这也像那个能够显示和表演许多不同的（在家中或在他工作的地方是不允许流露的）自我的儿童一样。通过游戏和白日梦境，人们可以逃避出身、教育和职业带来的偶然性，可以获得精神上的自由从而采用他所喜欢的一切形式，去加入一切有吸引力的追求。然而，这需要的并不仅仅是一种逃避，而是在世界中获得的一种新生，是探索世界和理解世界的新机会，它肯定会使人既能在自己的家庭又能在外部世界应付自如。游戏和白日梦境使一个人为他的自我找到了人类中形形色色的人物，使人能够去分享人类的努力和希望并把它吸收为己有，而不是全神贯注于那些事先出现的、相形之下令人感到遗憾的直接利益。电影、报纸和大多数文学形式都能开拓人的视野，但是，小说则是游戏和白日梦境最直接的延续。在小说中，一个男人的角色储存扩大了，他对各种现象中表现的人类本性有了更深的认识，他的个性在"现实"关系中只能得到部分的表现，而在小说中，却有机会展示其最丰富的潜力，与其渴望的人物和情境相交接，并能自在地表达一切平时受到压抑的情感。可以毫不夸张地说，小说读者从小说中获得的性格要比他从相对来说是有限的外部经验中获得的性格还要多。同样可以肯定的是，我们可以从人们阅读的小说而不是从外界条件允许他们做出的那些少数有形活动来判断他们的性格。阅读即其人，根据人所读的书就可以认识一个人。

　　一个人通过小说不仅能认识异国的风情，他还能通过小说来点燃自身的炉火。人往往忽略了他所熟悉的、近在身旁的事物，除非这些事物处在对问题做出反应的审美阶段上，除非人们审美地进行关注，人们绝对不能真正地认识任何事物。小说巨大的重要性就在于：小说所涵括的一切都得到了审美地关注，都是从容地、从其自身角度受到思考的，都被毫无保留地吸收了，也许人们在小说中才第一次真正注视到了这一切。人们往往忽略了周围的事物或者认为这是理所当然的，而在小说中这却成了审美对象。人们周围的生活大部分都悄悄流逝了，在小说中却变得戏剧化了，在这里人生本身才得到了客观的注意，才充满了含义。一个人由平日的偏见和成见所形成的盲目、狭隘的力量在小说中暂时消失了，他放松了警惕，他要吸收平日会拒之门外的那些东西，于是，他对平日敌视或漠视的那些人物或趣味产生了同情，他的个性打开了，每当他读一本重要的小说时，都会有一个世界的完整片断闯入他的内心。

132

第 七 章

小说与反思的关系

无论小说看起来距离生活有多么遥远，如果说我们确实对小说感兴趣，那也是因为它们能帮助我们生活、能为我们提供所需要的线索和建议。我们对小说感兴趣还能有其他原因吗？小说对人们会产生不同的魅力，这是因为人们的需要不同；但是，大多数人在某种程度上都有共同的问题，因而，他们对以重要题材为基础的小说也就会做出一致的反应。

出现一种社会问题，就会出现一种描述这一问题的小说。因此，埃德温·马克汉姆写的几种小说：《罗慕拉》《修道院与壁炉》和《传奇文学中真正的美国》以其历史价值受到历史学家的推荐。甚至那些并不准确的历史小说也给某些时期、某些人留下一种用其他方式无法描述的情调。它们只能被写成这个样子。严肃的历史本身大都起源于富于同情的想象力和文学性的心理学。历史小说经常遇到的困难就是：它们都具有浪漫的色彩，它们都是对现实的逃避而不是真的打算理解过去。如果人们真要间接地通过浪漫小说来学习一点历史，那么，这些小说也是不会吝啬的。他们可以为了消遣而去阅读《红楼骑士》（ *Le Chevalier de Maison Rouge* ），他们肯定会从中得到非常愉快的消遣，但是，他们肯定也会闻到法国大革命的血腥气味。

还有一些小说是描述宗教的。比如沃尔特·佩特的《享乐主义者马里乌斯》，特别是后面几章，描写了西西丽娅的宫殿中的教堂，马里乌斯在那里发现了基督教为饱食终日的罗马人带来的欢乐和希望。夏多布里昂的小说表现了人们崇拜天主教的浪漫、疯狂的热情。于斯曼（Huysmans）的《主教座堂》以它的神秘性和象征主义著称于世。在最近的小说中，宗教与科学的冲突成了普遍的题材。加尔多斯 ❶ 的《悲翡达夫人》（*Doña Perfecta*）描述了西班牙落后地区虔信宗教的人们怎样对一位蔑视宗教的年轻工程师的朴素唯物主义感到大吃一惊。伊巴涅斯 ❷ 的《大教堂》指出了丢掉旧的宗教信仰并不会导致虚无主义，因为书中主人公认识到：“他必须信仰某种东西，必须为捍卫一种理想而奉献出他对自己性格所抱的信心。”社会理想主义征服了他，他决定为人性的进化而努力，“就像基督教的第一批使徒一样，对未来充满信心，但并不急于看到自己理想的实现。”作为他的支柱的“对自己性格所抱的信心”，很像那个使威尔斯笔下的现代约伯（当他遭到各种反对、他对各种事物的信心都发生动摇时）燃烧起来的不死之火（Undying Fire）。“既然我的天空乌云密布，既然我睁开双眼看到了生活中的悲惨、无用和恐怖，那么，我就要比以往任何时候都更加坚定地坚持自身的正直。”梅·辛克莱（May Sinclair）笔下的《玛丽·奥利维尔》读了哲学之后就与宗教决裂了，后来以一种神秘的洞察力在她自身之内找到了现实。萨缪尔·勃特勒 ❸ 的《众生之路》（*The Way of All Flesh*），描写了一对父子经过对宗教的长期怀疑，最后得出结 　*135*

---

❶ 加尔多斯（Benito Perez Galdos, 1843～1920），西班牙小说家、戏剧家，一生著有78部小说，24部剧本，15部其他作品，为西班牙著名小说家中的多产作家。著名作品有《悲翡达夫人》（1876）、《被剥夺遗产的女人》（1881）、《忧伤》（1884）、《没有理性的理性》（1909）。——译者

❷ 伊巴涅斯（Vicento Blasco lbanez, 1867～1928），西班牙小说家、政治家。著名作品有《五月花》（1896）、《闯入者》（1904）、《启示录的四骑士》（1916）。——译者

❸ 勃特勒（Samuel Batler, 1835～1902），英国小说家、科普作家。他本人是杰出的生物学家，主张进化论。讽刺杰作有《埃瑞洪》，他的《众生之路》是自传体现实主义作品，被认为是他的代表作。——译者

论：教会的精神并没有问题，只是它的形式过时了。休·瓦勒波勒（Hugh Walpole）的《天主教堂》再现了宗教的形式，并指出天主教本身正在成为盲目崇拜的对象。梅·辛克莱的《灵魂的医治》描述了一个与教区长发生了爱情却自以为与上帝发生了爱情的妇女的故事，这位教区长并没有纠正她的误会，因为她的错觉正好为他的懒惰提供了极为便利的条件，这样就可以使她为自己干许多苦差事。这个书单可能太长了，但是，有一点似乎是无可争辩的，那就是：正是人们对宗教的兴趣和他们对宗教的困惑才构成了这些小说的魅力。

只有很少的一些小说是明确地与专业哲学打交道的，但是，任何一本小说都要描述对人生的看法，因而也就要与哲学问题建立某种联系。沃尔特·佩特的《马里乌斯》和梅·辛克莱的《玛丽·奥利维尔》都是在对不同思想体系做出的反应中表现出来的。赫尔曼·麦尔维尔的《莫比·迪克》饱含着爱默生的先验论。威尔斯总是根据詹姆斯和杜威的实用主义哲学精神进行写作。任何打算说明一件事物的小说家都会信奉这种或那种哲学，同时，我们也不妨说，伟大的小说家就是一位哲学家。职业哲学家往往太凝神专注于自己的概念，以至不能用虚构的形式表达这些概念；当然，也有许多哲学家发现虚构的形式是最好的表达媒介，因此，如果有人把柏拉图的《理想国》、莫尔的《乌托邦》、康帕内拉的《太阳城》、培根的《新大西岛》、伏尔泰的《天真汉》、尼采的《查拉图斯特拉如是说》看成是哲学性小说，那也并没有什么错误。一个既是真正诗人又是真正哲学家的人写出的小说将是难得的享受，桑塔亚纳的赞美正在迫切地等待着这样的作家。当托尔斯泰转向哲学时，他回顾自己的小说，认为这不过是青年时代的愚蠢，尽管实际上他也把自己最好的哲学灌注到小说中。尽管弥德尔顿·莫利在《罪与罚》中从头到尾都没有找到一句评论康德体系的话，但是，陀斯妥耶夫斯基还是精心地把他的哲学写到小说中去了。

小说也涉及许许多多关于物理、社会科学、经济制度、政府、法律、教育，特别是爱情与婚姻的问题。我们首先来谈论一下艺术与思想、小说与反思的关系还是恰当的。这二者都是从困境中产生的。杜威曾说过："任何想象都是一种信号：冲动受到了阻碍，它正在寻求表达。有时这种结果就是一种令人振奋的、有益的习惯，有时它又是在创造性艺术中引起的一种细腻表达，有时，它对某些人是一种无益的浪漫，而对另一些人来说是顾影自怜。在未能表达的幻想中存在着大量被驱散了的重新的构造潜能，这种潜能为我们提供了一个适当的范围，在其中，目前的职业组织阻碍并扭曲了我们的冲动，而且，这一信号也为我们提供了一定的尚未利用的艺术功能。" ❶

　　在"未能表达的幻想"中，受到阻碍的冲动释放得最为顺畅。如果这种"无益的浪漫"能得到细腻的描绘，它就应该享受艺术的尊严。但是，它在什么时间能转化为思想呢？在习惯行为的流程受到一个困境阻碍而反思尚未介入之前的空隙中就会出现审美态度。当我们陷入反思、当我们提出一个假设并准备提出一种解决的时候，我们就脱离了审美阶段而进入反思阶段。桑塔亚纳曾这样表述了艺术与思想的关系："人类的理智进程有一个诗意阶段，在此阶段中，他们对世界进行了想象，随之而来的是科学阶段，在此阶段中，他对想象的东西进行筛选和检验。" ❷ 在困难之中，艺术是从材料本身来表现材料的；而思想之所以要进行检验是为了解决。当艺术具有讽刺意义的时候（乔治·梅瑞迪斯 ❸ 的作品就是如此），艺术就接近了思想；当科学处于收集资料和构思一幅适合这些资料的图画的阶段时，它就还没有摆脱审美的过程。随着每一个进步，科学都包含了早期带有想象性和艺术性的成果，但是，对科学来说，它们的价值却在于收集和保存了许多资料。因此，积累和保存了许多资料的占星

137

---

❶《人的本性与行为》，第164页。
❷《艺术中的理性》，第76页。
❸ 梅瑞迪斯（George Meredith，1828～1909），英国诗人、小说家。一生创作二十多部小说，并有大量诗歌问世。主要作品为讽刺上层社会的小说，如：《利己主义者》《克劳斯威的黛安娜》。——译者

术在后来就对天文学发挥了重大作用；同样，炼金术对化学，早期旅行家绘有海怪和金山的想象性地图对地理学；神秘主义对心理学都发挥了重大的作用。

"在冲突和反应之间有一个空间，在此之外产生了概念或'表象'。确实，一个'表象'……不过就是一个被延误、被凝聚的欲望——这一欲望不能得到积极的满足，超过一定限度就会转化为'表象'。一个设想、'表现'了我们所谓的'概念'的形象实际上就是一个预兆性的活动。"❶这就是说，困境中出现的概念也就是解决的预兆。这些概念是对我们简单看待的问题做出的最初反应。当我们在这个问题中寻找那些我们能够处理的因素时，这个问题就变得突出了。这些因素就是对困境做出反应的线索；就是困境的价值，对它们进行的思索也就构成了审美经验。艺术就是体现这些价值以便于我们注意它们的策略。艺术从来不会解决问题；它只是再现了那些任何解决方案都必须加以考虑的价值。当我们去检验艺术的再现时，当我们把它的互动现象❷归结为简单的法则时，我们也就脱离了审美态度而进入了反思。

艺术的结果就是反思。艺术会引导人们以一种漫不经心的态度思考价值，这种漫不经心的态度会使我们屈服于情境，使我们只能对所见的景象进行思考。在戏剧中，在小说中，我们受到引导对平时不屑一顾的人物或情境产生同情，而在此之后，要想把这些人物或情境拒之门外或忘掉它们就更不可能了。艺术并不需要告诉我们去想什么，它最好的时候就是不让我们去想，但是，由于它在我们面前设置了困境，我们也就不得不去思考，直至得到某些满意的解决。

艺术所引导的调整也许不过是一种屈服，就如希腊戏剧所引导的那

---

❶ 参阅简·哈里逊的《古代艺术与宗教仪规》，第53页。
❷ 原文为epicycles，直译为本轮或周转轮，在此令人费解，只好揣摩转译，望识者指正。——译者

样，在希腊戏剧中，人的高贵与否是以其悲剧的哀婉来衡量的。莎士比亚 *139*
也要接受一个现存的、个人必须服从的秩序。讽刺文学则拒绝接受，它既
不逃避也不重新建造：它是消极的。但是，喜剧则具有积极和进步的效
果。悲剧所表现的是社会所默许的人物，喜剧表现的人物则破坏了社会习
俗，因而使观众从中得到间接体验的宽慰，也使观众得到了思索的自由。
喜剧把自由戏剧化了，喜剧拿人们对其持有异议的现有秩序开了玩笑，却
不使人们感到这是违抗一条不可冒犯的法律，也不让人们感到这是毁灭自
己。喜剧既不是毫无裨益的、反对一切的辛辣，也不是对无聊闹剧的玩
笑。喜剧展示了一个理想秩序，通过它，喜剧可以根据匡世的道德目的
以"富有思想性的笑声"揭露社会本身的瑕疵。因此，乔治·梅瑞迪斯这
样谈到阿里斯托芬："他的喜剧中有一种理念，这就是做一个好公民的理
念……这位笑哈哈的秃脑袋（他自称如此）就是一个重型政论家（Titanic
pamphleteer），笑声就是他的政治武器。"❶

喜剧的自由与反叛是从对悲剧教导的忍让提出的反对中产生的，因
此，悲剧越伟大，同时代的喜剧也就越伟大，因为被再现出来的社会秩序
越是僵硬和神圣，它也就越需要批评和反思。正因为喜剧是一种反思，所
以，在喜剧中艺术也就接近了思想。梅瑞迪斯指出："从对人生的观察而
言，可以说哲学家和喜剧作家是一对表兄弟。"任何荒谬和过度都是喜
剧的特征。骑士浪漫小说宣扬了一种夸大的荣誉准则，因此，随之出现的
就是流浪汉传奇冒险小说。在史诗之后，随之而来的是菲尔丁的嘲弄性史 *140*
诗。拉辛回到了古典悲剧，而莫里哀却像阿里斯托芬一样，取笑了当代的
愚昧，其中也包括过分认真对待悲剧作家的蠢行。

梅瑞迪斯自己的小说就是他的喜剧理论的最好说明。他处理的典型
人物都被夸张为各种理念，而这些理念又被组合为一个可以揭示其含义的
情节。这些人物就是他的理念，当他站到幕前谈论这些人物和理念的时候

---

❶《简论喜剧》。

（他经常这样做），人们感到他的人物与他的思路如出一辙；其中既带来了快感也富有教益；他的艺术具有思想性，而他的思想又具有艺术性；和梅瑞迪斯一起发笑就是在和他一起思考。他的艺术既不是对社会秩序的逃避也不是对它的忍让，他的艺术是一种反思的、重新建造和前进的艺术。

然而，悲剧也能像喜剧一样引导人们去反思——与其说能引起人们反思的是古希腊悲剧或莎士比亚的悲剧，还不如说是易卜生的悲剧。易卜生的悲剧不会让观众按照事物的本来面貌去接受它们，而是指出对它采取行动的必要性。这种悲剧尽管其本身也具有完整性，它仍然需要人生的结局。另一种悲剧的唯一结果就是消极和屈从，它作为自我体现的道德是通过对现实的承认达到的。但是，这种悲剧就是那些需要采取同时也能采取的某种行动，它的道德就是人应该反抗和改革。它是能动的，它产生了重大影响。安德烈耶夫 ❶ 的《红笑》（*Red Laugh*）可能是迄今为止用文字对战争提出的最可怕的控诉。任何人读了这部作品都不可能不进行反思，都不能不拒绝战争。尽管这部小说对平常的笑声来说是太可怕了，但它的书名还是表明了它与喜剧具有一种亲族关系。在喜剧中，我们笑的对象是不协调的东西；但是，在这种悲剧中，除了那种愚蠢的红色笑声，没有任何东西能够对付那种荒谬的疯狂。

艺术确实没有告诉我们应当如何在生活中增加善行、减少邪恶；那是科学的工作。艺术所表明的只是：我们对更完美的人生需要的是什么，我们的思想可以被引导着走向这完美的人生。威尔斯并没有局限于告诉人们如何才能变为圣贤，他只是表明了这一梦想是如何吸引人，他一面指出这个梦想是可以达到的，一面又督促我们向这一目的前进。任何小说家都把他认为是好的人生观奉献给读者。如果这个观点太虚无缥缈，我们就把它归结为逃避。如果它按照事物本貌去容忍它们、认为人是无所作为的，那

❶ 安德烈耶夫（1871～1919），俄国作家，其作品构思奇特，情节集中，大量运用象征手法，在艺术上独具一格，中篇小说《红笑》写于1904年，揭露日俄战争的残酷，反对一切战争。——译者

么，我们就把它归结为忍让。但是，如果它展示了一种不可实现的而我们认为是可以实现的境况，那么，我们就把它归于前进或建设性的范畴，也正是这第三种类型的小说才最能促使人们思索。逃避使思想萎缩，忍让则视思想为无用和软弱。但是，一个有实现可能的理想却能促使我们去思考如何实现这一理想，而使我们置身于这种精神境界可能就是文学最高的社会成就了。

下面我们再总结一下艺术与思想的关系：对问题的审美反应为反思性和科学性的态度开辟了道路。尽管我们不能像那些尚未开始思维的纯朴、天真的人那样，我们也还是一直喜欢对长期以来只知按科学态度考虑的事物进行审美考虑。重新拾起旧的审美观只是对现实问题的逃避而不是前进——比如，某些人刻意按照中世纪的态度去生活，就是一种逃避。古希 *142* 腊神话对我们与对古希腊人的价值是不相同的。神话或生物学和心理学的世界观，也许会使我们得到更真实的满足，而科学对心理学还不能完全理解。在某种程度上可以说，科学败坏了诗歌，达尔文就说过这种体验，但是，科学对那些与时代同步前进或超越了时代的诗歌不会造成伤害，无论这些诗歌是什么时候写作的。现在，也许有的人宁愿攻读精神分析学而不愿意读爱情小说，但是，这并不能迫使小说家放弃自己的题材，因为科学几乎还没有摆脱它的神秘性；科学只能促使小说家更深入自己的题材，D. H. 劳伦斯❶和他的某些同时代人就是如此，他们从精神分析学中吸取了一切能够吸取的东西，然后投身到了别的地方。科学对行为的永恒和迫切问题几乎尚未触及，这些问题依然是小说家的专用领地，小说家做了一切能做的事以激励科学家随之前进。然而，人变得越来越聪明，其结果就是理解了更多的神秘东西，因此，也就扩大了审美反应，这样一来，艺术家最

---

❶ 劳伦斯（David Herbert Lawrence，1885~1930），英国诗人、小说家、散文家，共著有10部长篇小说，其中最长的是《虹》，其他有《白孔雀》、自传小说《儿子和情人》，小说很有气势，但不重形式和情节，有凌乱之感。——译者

终是否能被科学家所排挤，就很值得怀疑了。但更有可能的是：在将来，每个科学家都会是一位艺术家，他们将把自己的研究和思索视为自己艺术活动的准备，就像达·芬奇一样。

143　　任何地方只要出现问题迫使艺术家做出了反应，科学家就会准备随之而来。科学家本人在探索问题时，在形成假设时也要应用艺术性的形象描述。艺术家和科学家往往是合二而一的。艺术态度往往由于自身的动能进入了科学领域，而后又退到艺术领域中。一个能引向神话学的问题，既可以走向科学也可以走向虚构的故事，同样的一些疑难问题可以使精雕细琢的艺术变为思想，也可以为思想加上人情色彩而使之转变为艺术。如果能用一种像童话那样迷人和令人深信不疑的方式来为成人改写这些童话并使它们"理性化"；那么，满足儿童精神需求的童话故事最终也能适合成人的口味。因此，萧伯纳指出，《圣经》的《创世记》所描写的故事与现代的进化理论不过是同一事物的两种版本。我们对一个对象所知越深，也就越不满足于对它进行的最初艺术处理，我们越接近这个对象，也就越能在其想象性进展以及它过去并不完满的成长意识这两方面发现对它进行的科学处理与艺术处理是很相似的。科学在它诞生的时期是艺术性的，当它开拓新的疆域时，它也仍然是艺术性的。一位坦率的科学家会承认：没有任何一套符号或公式是最终的和绝对的；他们应用这一套符号或公式而不应用另一套符号或公式只是为了社会的便利，因为它是固定的、是人们所承认的、正在流行的。这些就意味着：科学家由于考虑到那些归根结底属于美学的东西，在思想中就会发生动摇。审美态度受到问题的压力就会陷入反思，同样，这一压力也会驱使它回到审美态度。

　　从逻辑上讲，首先出现了一个问题，随之才会出现对其中价值的思考（审美阶段），再后面出现的才是为解决问题做出的努力（反思阶段），这又引向进一步的思索，这样一直无限循环下去，所有这些阶段在审美阶段本身都会得到神秘的反映。究竟需要多长时间才能进入反思阶段，就要看这问题的急迫性以及审美反应满足这一问题的程度了。在反思阶段做不必要的过多停留，是违背自然而又艰苦的。但是，反思的接受能力是可以通过教育提高的，现代科学就是证明。然而，在日常生活中反思是短暂的，无论其是否成功，它很快就会变为幻想，除非这个问题能持续很长时间。但是，在有组织的科学中，人们可能会在他的一生中都去检验和探究一个多年以前只是停留在审美阶段的问题。而在艺术中，其他的人也会同样专注于审美欣赏，虽然目前在我们的社会里，各种影响更有利于科学家，因为人类作为一个整体，正在处理的是作为整体的生命问题，人类似乎正在从艺术转向科学，但艺术最终将是永恒的。

由于艺术会引向科学，因此，过去艺术曾多于科学这一事实与我们对这一事实的新认识一起就在某种程度上说明了为什么现代的科学工业正在努力追回失去的时间了。许多古老的问题在审美阶段停留的时间太长了，正在呼唤着对它们进行将已是延迟的探索。对这些问题的非批判性的、仅仅是想象性的观点已经变得越来越不适当了。于是，同样可以说，正当科学在物理问题中迎头赶上的时候，它在社会问题中的落后性却变得更为突出了，而且，我们对社会问题的兴趣带有感情色彩，我们长期以来对它们抱有审美态度，因此其本身就会促使我们努力更加全面地理解它们，因为我们最爱的东西最终就是我们研究最彻底的东西。而且，我们不用担心科学将把人类深爱的东西毁灭，因为引导科学的爱也就是引导艺术的爱。

第 八 章

小说与教育

因为从逻辑上讲，对一个问题的审美态度要先于对它的反思，在某种意义上，可以说审美态度也包括了对它的反思。因此，一般来说，小说家处理社会问题要比科学家处理得好。小说家要回答的那种社会问题并不是个人与社会的简单冲突，也不仅仅是调整一方以适应另一方的问题，而是通过个人来重建社会的问题。社会是由个人来改造的，这一事实把小说家的兴趣集中到个人身上，使他把个人看成了社会的生长点。对问题的最初反应是审美的，是以这种观点对个人进行的简单观察，观察个人成长中的变化和转折，不是把这些当作个人的事件，而是当作具有社会意义的事件。艺术家的再现为对这种发展进行沉思提供了便利。只有文学性艺术才能展开地再现人物，而篇幅较长、形式灵活的小说最适于进行这种再现，小说用有情感色彩的手段表达的就是引人注目的个人与社会成长的关系问题。小说并不打算解决问题，它把问题留给了随着对真实问题做出的审美反应肯定会出现的思想。随着艺术而来的是科学，科学要分析它的价值，并认为这些价值不仅仅能欣赏而且还可以理解和加以控制。现代社会的小说强调个人，而现代社会科学强调的是专题研究（case study），将二者的内容做一比较，就可以发现这并不是偶然的。

　　举例而言，小说家对童年的新发现与教育家为重新理解儿童的天性所做的努力是吻合的。从前的儿童由于担心受到惩罚、或由于希望得到荣誉而不得不学习。事实证明，后一方法是更为成功的，但它也带来了巨大的社会弊病，因为它激起了竞争精神，也培养了野心家。其结果就是：学习并不是达到某种社会目的的手段；甚至它本身连价值都没有，它只不过是一种超过别人的途径。这样一来，一个学生越聪明，他就越有可能变得更加自私，直到他像《红与黑》中的于连·索黑尔那样，使自己的统治欲错误地发展下去。于连睡觉的时候都总带着拿破仑的照片，而他之所以选择去做一名神学院的学生而不去当兵，只是因为在当时这样做才有希望找到好工作。但是，自斯汤达以后，小说家就发现了儿童对学习抱有浓厚的自发兴趣，而教育家现在则试图根据这种主要存在于内心的兴趣进行工作，去开扩和指导儿童自己的好奇心而不是单单刺激他的竞争精神以至忽略了他的好奇心。

　　罗曼·罗兰在《约翰·克利斯朵夫》第一卷中描述了对儿童的审美态度和教育问题，杜威在《学校与社会》的第二章则论述了对这一问题的反思态度，将这两者加以比较将是有趣的。罗曼·罗兰在书中首先描述了儿童是怎样急于从摇篮走向房间，走向房屋，最后是走出户外。"在这房间里有多少东西啊！他根本没有见过它们。因此，他每天都要在这个属于他的世界里进行一次探险远航。"❶杜威指出："儿童已经具有足够的活力，因此，教育问题就是控制他的活动并给他以指导的问题。"他进一步指出，儿童首先感兴趣的只是那些他能直接理解的对象，儿童的教育就在于扩大这些对象的范围，儿童对这些对象自然会热情谈论的。小说家则表

147

---

❶ 歌德的少年维特回忆起他的童年时说道："我常常回忆起，有时我站在那里，注视着逝去的河水，心里怀着许多奇妙的猜想注视着它，我把这个地方想象得如此神奇。河水流向了远方，而我的想象力却是有限的。河水将不停地流淌，永不停息，直到在我目力所及的范围之外消失了。我亲爱的，你看人类的祖先是多么狭隘，又是多么快乐，他们的情感，他们的诗作是多么纯真。"

现了人们往往忽略了儿童的兴趣。约翰·克利斯朵夫小时候被放在一辆马车上，挤在他祖父与马车夫的大腿中间，他感到无限欢乐。"他大声地说话，根本没有想到是否有人回答他。"（杜威指出与其说儿童的问题是问题还不如说这是他对所看到的事物发表的见解。）"他注视着马的耳朵在转动。这些耳朵多么奇怪啊！它们向哪个方向都能转动——向左、向右，它们一会儿向前，一会儿倒向一边，一会儿又滑稽地转向背后，他忍不住笑出了声。他捏了他的祖父一下，让他也看看，可是祖父不感兴趣。他推开了克利斯朵夫，让他老实点。他就不做声了。他在想，原来人们长大了就觉得任何事情都不新鲜了，那时，他们神通广大，什么都知道。于是，他也装作大人，把好奇心藏了起来，显出一副漠然的样子来。"

　　儿童掩藏了自己的兴趣不仅是因为有人忽视了他。吉卜林的《斯托凯公司》有一篇题为"他们国家的旗帜"的讲演，就描述了那些男孩子看到眼前飘动的神圣旗帜感到惊愕的情景。在小说家看来，儿童确实具有一些本身就能引起行动的兴趣，认识到这一点很重要。罗曼·罗兰曾说："很难想象单凭一块普通的木头、或一根在篱笆旁边发现的折断的树枝会有什么用处。"杜威还说道："儿童要做事情的冲动，首先可以在游戏中，在动作、姿势和装假的时候得到表现，当他把材料变成明确的形式和固定的形态时，这冲动就更明显了，它就要寻求出路。"罗曼·罗兰又写道："屋子周围两公里以内的沟沟坎坎，在他脑子里清清楚楚有张图形。所以每逢他把那些沟槽改变了一下，总以为自己的重要不下于带着一群挖土的苦力的工程师；当他用脚跟把一大块干泥的尖顶踩平，把旁边的洼地填满的时候，便觉得那一天并没有白过。"杜威指出："儿童只是偶然干些事情，看看会有什么结果。"罗曼·罗兰在书中描述了约翰·克利斯朵夫用一只蚱蜢做实验 ❶ 的情节。杜威说："但是，我们可以利用这一点，引导它，使之产生有价值的结果。"

罗曼·罗兰写道："任何东西都有自己的价值，无论是人还是苍蝇。一切都有生命：猫、壁炉、桌子、在阳光中飞舞的尘埃。"杜威说："想象是儿童生活的媒介。对他来说，这就是他凝聚了全部心思，投入了一切活动的场所和事物，这是有意义的小玩艺儿。"罗曼·罗兰又写道："即使没有用擦鞋门垫做的船、没有砖地上的山洞以及异想天开的成群怪兽，他也能自己玩。他的身体就够用了……他看着自己的指甲，笑着、叫着，一玩就是几个小时。这些指甲都有不同的面孔，而且像他认识的人……有时候他乐意躺在地上，望着远去的云朵；这些云朵看起来就像黄牛、像巨人、像礼帽、像老妇人，也像变幻无穷的风景。"

在教育家看来非常重要的是：在他父亲给他上课之前，这个男孩子对钢琴带有一种自发的乐趣，而在课堂上，他那充满魔力的匣子就变成了拷打的器械。"余音袅袅的妙境，迷人的鬼怪，一刹那间感觉到的梦一般的世界……一切都完了……音阶之后又是练习，练习之后又是音阶，枯索、单调、乏味，比餐桌上老讲着饭菜，而且老是那几样饭菜的话更乏味。"教师现在也承认毛病是出在教学上，因为音乐就是声音的艺术，首先应该通过耳朵而不是通过阅读乐谱来学习，在这个孩子看来，乐谱与音乐毫无关系，他认为，应该多练习一些有趣的乐曲而不是枯燥的练习曲，正如学习语言主要是通过有趣的阅读而不是通过吃力的语法练习学到的一样。这一变化主要是由于小说家的帮助，对儿童有了更好的理解才出现的，他指出只要教育脱离了真正的兴趣，它就是虚假的、它就没有效率。

150

薇拉·凯瑟 ❶ 在她的小说《我的安东尼亚》中着意刻画了那些有"优越条件"的孩子与那些要帮助家里铲草皮、只能从生活和贫穷中学习的孩

---

❶ 薇拉·凯瑟（Willa Cather，1873～1947），美国女作家，她的小说多以西部边疆生活为题材，富有地方特色。作品有《啊，拓荒者们》《一个沉沦的妇女》《教授的住宅》。她的作品结构匀称，节奏舒缓从容，文字清新优美。近年美国批评界认为她是美国20世纪最杰出的小说家之一。——译者

子们之间的差别。杜威指出，如果家庭教育得法，那么，在儿童上学时多多少少肯定会保留下一些从家庭中得到的东西。其中有一个方法就是让儿童到学校去学习木工、烹调、缝纫等。手工训练能为儿童提供一种工作，在工作中有了进步就能够马上得到欣赏；这样就可以避免课堂上的被动情绪，就可以引导儿童与别的孩子合作。儿童内心这种自发的好奇心和好学精神在校外也会多多少少地保留下来。法朗士的小说《朋友的书》描述了沿着码头的书摊上有许多书，这些书本身对一个男孩子就是那么迷人。❶玛丽·奥利维尔对书的热情是在家里培养出来的。"五棵榆的图书馆非常小。埃米留斯把它当作吸烟室，可是它有那么多书啊！"她在那里读个不停。当她遇到不懂的地方，她就请教那位号称"百科全书"的好心肠的先生。

　　无数的事例都表明了一个儿童自己的兴趣会把他引向多么遥远的地方。杰克·伦敦的自传体小说就描述了一个男孩子在极为困难的处境中表现出多么强烈的要从书本和生活中学习的欲望。他弄到了两个图书馆的借书证，当他卖报的时候他经常在衬衫里带着书，这还使他能够躲避其他报童打来的拳头。《马丁·伊登》《约翰·巴利科恩》《埃希诺的叛变》以及他的夫人伦敦女士写的《关于杰克·伦敦》，都描述了一个故事：对人生和书本的热情竟然与学校教育毫无关系，然而，它又需要学校的教育，因为仅仅是对知识的渴望并不能毫无偏差地指向能够使它得到满足的地方。

　　在《爱弥尔》中，卢梭表明了他对儿童和大自然所抱的信仰。爱弥尔的教师就是大自然，与其说对他的教育是教给他一些东西，还不如说是

---

❶ "噢，克列齐——米迪大街上的老犹太人！你们这些沿码头卖旧书的老头，我的老伯伯，我要感谢你们。你们就像所有大学教授一样，甚至比他们还要全面地启发了我的智慧……正是靠着翻遍了你们的书箱（简陋、狭小的空间）、正是靠着回味你们落满尘土的、摆满我们的祖先留下的残破文物以及各种典籍的书摊，我的头脑才吸收了最伟大的哲学。"

努力使他免遭恶劣的影响。使他改正错误的是大自然而不是权威。在十二岁以前，他发展了自己的感官、增强了身体的健康，在十二岁到十五岁之间他受到智力教育，从实物中学到了知识，也学到了以防贫困的手艺，到了十六岁，他在大自然中发现了上帝，在人类中发现了良知。与《爱弥尔》相反，梅瑞迪斯的《理查·弗维莱尔的苦难》描述了按照一种系统教育一个男孩子的蠢行。此外，还有罗伯特·赫里克的《克拉克的原野》，这部作品指出了教育儿童而没有系统的危险。威尔斯在《琼和彼得》中则指出：除了出现一种教育科学，教育是不会取得成功的。他说："我们可以越来越明显地看到……高等教育的真正工作，诸如，关于上帝、关于国家和性、关于人生各种大问题的讨论，一方面在这个国家的正规教育中受到有意的回避，一方面在某种程度上又通过男女青年自己的谈话、通过教师、朋友和偶然相识的人，特别是通过一些不负责任的记者和文人的临时指点，在勉强地、不能令人满意地，甚至是通过不正当的手段在进行着。如果除了一些令人生厌的地图，学校不能为他们帝国的孩子们提供任何东西，那么，吉卜林的小说以及他写的一切沙文主义暴行，至少也让儿童们感觉到了某些活生生的气息。"❶

威尔斯比起大多数小说家来，对这一问题更敢于既采取反思态度又采取艺术态度。他描述的是：学校未能满足真实的儿童在真实的世界中成长的需要。他说的却是：由文学家来补充教育的不足也是合理的，因为这些人往往在"有益的规劝中加上一点令人反感的刺激"，与此同时，他们既能自由地写作，又能接触重大问题，因此，由于他们能引起青年人的思考，归根结底，他们的功还是大于过。

小说家对儿童的这种自发兴趣认识得非常清楚，他指出应该记住儿童的行为和谈话，这不仅是为了使他的长辈从中能得到娱乐或烦恼，也是因

_152_

---

❶ 参阅《琼和彼得》，第271～273页。

为其本身就具有内在的意义，值得注意和加以引导。明智的教育家会赞成
这一观点的。譬如，人们发现七岁左右的儿童的想象会重复许多原始人的
行为。在高尔斯华绥的《福赛特家史》中有一章《琼·福赛特的觉醒》就
描述了这一情况。

153

> 父亲和伽拉特向池中投下石块，根据声音弄清楚这个
> 小池的池底很牢靠，而且知道各处的池水都不会超过两呎
> 深，他才得到允许爬上池中的一条折叠小艇。他划呀划，
> 玩了好几个小时，还躺在艇上躲避印第安老约和别的敌人
> 的视线。在池岸上，他还用旧饼干筒为自己建造了一个四
> 平方呎的棚屋，上面铺着树枝。在这里他还要生上一小堆
> 火，烹烤他不曾用枪打下的鸟，或不曾在丛林和田野中狩
> 猎到的鸟，或者是他不曾在池中捕到的鱼，因为池中根本
> 就没有鱼。

杜威说"把这种兴趣当作一种手段来观察人类的进步"是可能的。
让儿童设想失去了文明社会的条件并描绘那种狩猎生活很容易。然后还可
以引导他们去想象人类在半农业社会或农业社会的情景。通过研究以便找
出那些能适合各种目的的石块来，就可以自然地把儿童关于原始武器的概
念引向矿物学课程。杜威接着又说，教程往往并不是完全现成和早已准备
好的，它应该由儿童在好奇的经历中自己去寻求，然后试验性制定出来。
关于铁器时代的讨论可以被引导着去建造一座黏土化铁炉，也可以被引向
"关于燃烧原理、关于通风和燃料性质的教程"。然后，还可以通过不同
的社会生活形式所包含的物理条件把儿童引向一堂地理课。在传授知识之
前往往必须要让儿童产生兴趣。比起成套的教材体系，这样做不仅更
有启发性，而且也能使教师在提高学生注意力和进行解释上得到更多的锻
炼。小说家指出了只有用这种方式儿童才能在校外（如果有机会）进行学

154

习，而现在学校也吸收了这一方法，并使之合理化。

这样做就能使教育与儿童最浓厚的兴趣相适应，而不是委曲儿童使之忍受一种冷漠的体系，就像对阿诺德·本涅特 ❶ 笔下的爱德温·克莱汉格进行的教育一样。

> 他对博物学一无所知，特别是对自己更是一无所知……对生理学和心理学也是一窍不通……他对地理学还算略知一二。他能按顺序背出亚洲的几大河流……但是，他上本国地理课，从来没有超过五分钟……对他来说，历史是一种摸不着也看不见的东西。在他的学校生涯中，他有好几次接近了十九世纪，但是，为了行政管理方便，他总是退却到中世纪……至于他个人对从大地、从空气、从太阳和星辰，从社会和隐居生活中得到的享乐，似乎从来没有准备过，也没有梦想过。

他父亲唯一的遗憾是另一个男孩子考试成绩超过了他。"唉，他考得多好！你就差了一步！你应该拿第一名，而不是第三名。你要是好好用功，也会考第一名。"他父亲像训练演员那样驯他的几只狗，而且很有成绩。但是，无论是他本人还是任何师长，都没有把爱德温当作人看待。❷

民主精神要求人们把人当作人来看待，无论他是儿童、妇女、工 *155*
人、市民还是罪犯。在婚姻中，男人和女人作为人都是平等的，而不能根据传统习俗分为高低。在经济生活中，一个工人也必须享受由他的劳动所带来的社会尊严，而不能把他当作一个机器零件。即使是一个

---

❶ 本涅特（Arnold Bennett，1867~1931），英国小说家，代表作是《老妇人的故事》，其他作品还有《五镇的安娜》《克莱汉格》三部曲。他受左拉和巴尔扎克影响较深，在20世纪初期英国现实主义文学中与高尔斯华绥、威尔斯齐名。——译者
❷ 引自本涅特的《克莱汉格》第二章。

罪犯，也要根据法律把他当作一个人来加以理解和改造——如果可能的话，因为人毕竟还有共同的人性。同样，政府绝不应从外部强加于人，它必须能够代表个人的自由和责任。在所有这些领域中，对于通过个人改造重建社会这一问题的两种孪生态度：审美反应和反思反应，在描述个性的小说中和进行专题研究的社会科学中都得到了再现。

第九章

小说与爱情婚姻

小说家再现了儿童个性，也再现了妇女的个性，对这二者，他都抱着细心探索的精神以发现某种被长期忽视的东西。直到教育把儿童培育成人以前，儿童是不受重视的，正是因为如此，对儿童的教育才没有取得成功，因为人们没有把儿童当作一个人来看待。可是，人们不仅从一开始就否定妇女的个性，而且，还禁止妇女通过教育发展个性。人们允许妇女具有情感，但不允许她们拥有正当的自治权利——这对她们来说简直就如特大的恩典了。因此，克拉丽莎·哈罗维（Clarissa Harlowe）在许多信件中都抱怨自己的父亲和家庭把她看作一个不知顺从的、乖戾的女孩，因为她拒绝在任人摆布的同时还要现出百般的媚态。

此外，否定妇女个性的另一种结果，就是和妇女建立终生的友谊只能以感情和本性为基础。在许多描写情感的小说中都可以看到这个基础是非常脆弱的，这些小说表明了一个完全局限于自己家庭的女子，就像克拉丽莎一样，要把自己的感情献给一个值得相爱的男子那全要凭着偶然性了。她们很少有机会进行选择和判断，因此，最好能有机会进行一次预演才好。对于男人来说，在这种相互关系中，他也并不比自己的对方更有理智。当年轻女子都闭户深居的时候，男人在婚姻上也只能陷入进退维谷的境地——或者听命于父母，或是凭着一见钟情。普雷沃神甫❶曾经描述了这种情况，如果他也像谢瓦利埃·德斯·格里欧那样是个多情善感的青年，也遇到了一位像曼农那样轻浮、寡信又不可抗拒的青年女子，那么，结果几乎就会像数学一样精确，❷但也并非没有感情。保罗·德·圣维克多说《曼农·莱斯戈》："像一本激动人的小书，使人燃烧，使人激动。"❸

　　因为男子和女子都具有性格，或是轻浮、高贵或是其他，因为我们
158 必须与对方的整个个性共存，因此，在男女结合之前要经过全面考虑。但是，在上述这部小说中这对情人没有一个能够进行仔细思考。曼农富有魅

---

❶ 普雷沃（Antonie Francois Prevost，1697~1763），法国作家。史称"普雷沃神甫"，著述过百种，现仅有一部《德·格里欧骑士和曼农·莱斯戈的故事》（1831年，简称《曼农·莱斯戈》）。——译者

❷ 人们对小说描述的道德采取的审美态度与人们对客体的反应之间有一种关系，这位作者的观点就表现了普雷沃神甫对这种关系的看法，他写道：除了从令人愉快的阅读中得到的快感之外，人们还会发现许多事件都具有道德规劝之意，在我看来，这对大众来说就具有一种可观的功效，而这些事件同时也具有一种娱乐性质。

　　如果那些具有某种共同精神气质的人想要找出他们的谈话、甚至他们的幻想中最有共同性的题材时，那么，他们就会很容易地发现，他们几乎总是转而去思考某些道德问题。他们生活中最甜蜜的时刻就是那些逝去的时刻，无论是独身静思、也无论是与朋友推心置腹地谈论道德的魅力、爱的温馨、达至幸福的途径、使我们备尝苦楚的缺陷以及治愈它们的方法。贺拉斯和布瓦洛把这个谈话题材称为构成幸福人生的最优秀的气质。那么，为什么人们往往容易忽略这种有价值的思考而降低到一般人的思想水平呢？如果我准备采用的理由不能解释我们理念或我们行为中的这种不连贯性，那么，我就是错误的。因为一切道德概念都是模糊的，都是一般原则，因此，很难对我们的道德或习惯、行为形成一种特殊的影响。

　　由于这种不确切性，因此，只有经验和榜样才可以确定心灵的趋向。而经验的长处仅仅在于它摆脱了各种纠缠、它依靠的只是人们凭着机运遇到的各种不同境况。因此，在道德实践中，个人只有把榜样奉为自己的法则。只有对这样的读者来说，这种作品才是极为有用的，此外，这部作品是由一位正直而富有理智的作者写作的。因为作者所选用的每一个事实都具有一定的光彩，每一条教言都有一定的经验为根据，每一次奇遇都是人们可以获至的榜样，每一个人都只能根据所处情况来调整自己的行为。人们的全部活动就是愉快地把道德法则变为实践的过程。

❸ "他不再尊重曼农，他甚至轻蔑地抓住她。但是，对他来说，变得粗野要比放开她更容易些。他热恋的这位妇人的爱抚麻木了他的灵魂，窒息了他忏悔的声音。"

力、轻浮而又寡信，格里欧则多情善感，因此二者的爱情就不可避免。曼农离开金钱就无法生活，不管用什么手段只要弄到钱就行；而格里欧离开曼农就活不下去，不管怎样迁让，只要有曼农就行。

小仲马在《茶花女》中指出即使一个妓女也具有灵魂，虽然，他认为这是一个例外。但是玛格丽特所描述的别人对她们那个等级的态度，却具有这样一种意义：它可以让人体会到这多多少少也是人们对全体妇女采取的普遍态度。"自然，我们没有朋友。我们有一些自私自利的情人，他们挥金如土，但不是为了我们，正如他们自己所说，这是为了他们的虚荣……在别人看来，我们不是人，我们只是物品。首先我们是他们自私情欲的对象，其次是他们虚荣的陪衬。"❶玛格丽特经常读《曼农·莱斯戈》这部小说，"而且，她常常告诉我，当一个女人恋爱时，她做不出曼农做的那些事。"她的悲剧就在于她遇到阿芒的时候，却已经做了那些事。"当上帝允许妓女有了爱情的时候，初看起来，这似乎是一种宽恕，其实这种爱情对她来说总是一种惩罚。"玛格丽特的爱情到头来还是证明了这一点：她要为自己的情人牺牲爱情。

因为阿芒是真心爱她，她也真心爱着阿芒。"因为你看到了我在吐血，你拉住了我的手，因为你在哭泣，因为你是唯一真正怜悯我的人。"男人为了女人本身坠入情网的时候是如此沉迷，在他们眼中她已经不是一个人：于是他们不能了解她，他们只记住了她的容貌。❷因此，人们在恋爱之前最好能够相互了解。另外，还有一件事往往也阻碍了男人从女人本身爱一个女人，那就是他是从浪漫的想法而不是从他对她的印象出发产生爱情的。普鲁斯特对此做了很好的描述。阿尔贝蒂娜是在巴尔贝克的海滨首次与他相遇的，她的女友陪着她，她的身后是蓝色的大海，她像一尊雕

159

---

❶《茶花女》，第十五章。
❷ 参阅斯戴拉·本生《可怜的男人》中阿芒说的话。

像，有一种古典的气派，又像一个仙女站在希腊的海边。❶ 在与她相会之
160 前很久，他在幻想中就反复出现了这种情景。但是，当他真正认识了她，
他每天都会对她产生不同的看法，但是在所有这些印象底下，还有一种延
续的印象，就如一条地下通道总把他引向初次相会时的阿尔贝蒂娜，她的
身后映着大海。普鲁斯特同情那些在幻想的期待中失去了耐心的人，他们
跳上了一节车厢直接奔向了理想中的情人。他一生中看到的最美丽的女
人就是那些只在他眼前一闪而过而后就消失在某个街角的女人。他可能会忘
掉一切挤过人群去追随这个女人，但是，如果他不幸能够走近她，甚至与
她相识，他就会发现她并非十全十美。真正使他一见倾心的完全不是她的
美，而是一见钟情（coup de foudre）；这就是她的影像，只要他还没有走
近她看到她的缺陷。这实际上就是他在无意识中赋予她的关于美的理念。
但是，普鲁斯特又说，如果一个人不是这样快速地推进爱情的话，他就可
能慢慢地编织出关于另一个女人的坚实的梦想，这种梦想的魅力将掩盖一
切缺陷。

　　然而，想象可能带来觉醒而不是把它拒之门外。一个富有诗情的青
年人最易把吸引他的少女理想化，把仙女和女神的美德赋予这位少女，直
到这位少女悲痛地发现他所热情膜拜的不过是他自己的理想。约翰·克利
斯朵夫的第一位恋人说，"别瞧我呀，我难看得很……"当人们读《雪莱
传》（*Ariel*）❷ 的时候，人们不禁要问，雪莱为什么要与一个除了金发碧眼
之外并没有什么特殊之处的少女私奔呢？因为在别人看来，她就是他们想
161 象中的那种样子，而在雪莱看来，她就是他想象中的那种样子，而雪莱的
想象力超过了这些人的想象力。问题在于这种想象力转向了别的方向。尽

---

❶《追忆逝水年华》，第二部《在花枝招展的少女们身旁》（*Al'ombre des Jenues Filles en Fleurs*）。

❷ Ariel，爱丽儿，原文为莎士比亚《暴风雨》中空气般的精灵。法国传记作家莫罗亚（Andre Maurois）1924年以此为书名写作了Ariel：the life of Shelly。2013年8月浙江大学出版社出版中译本《雪莱传》。——译者

管人们会说当他的理想以别的形式体现出来时，他也没有见异思迁，他还是追逐那些情感的闪光，无论在什么地方，他都永远忠于自己的理想。他是柏拉图的信徒，从自己的爱情中体验到了理想主义，正如从《宴饮篇》学到的一样。《宴饮篇》教导人们：一个人最初是被一种形式的美所吸引，然后被另一种形式的美所吸引，最后他才懂得地上的无数可爱的形式仅仅是天国之美的显现，而只有天国之美的本身才有可爱的价值，而且，无论它们出现在什么形式中都是可爱的。于是，我们可以说，诗人是最坚定而不是朝三暮四的人。他要到处去寻找美，直到他认识到地上的形体都不过是天国理想的影子。他的灵魂最终要飞向天国的理想。任何缺少了这种理想的影子都不会使他感到满意。他与其他恋人相似的地方就在于恋人们并不满足于恋人对自己的亲情；他不会停留在她所给予的一切东西上面，他追求的是她本身。对诗人来说，一切地上的爱都不过是来自天国的形式。他对这种形式中的任何一种都不会感到幸福。"我所要求的不是你所给予的，我只要你，我亲爱的恋人。"

然而正是诗人的觉醒使他最终得救了，这觉醒是随着他把无形的东西用有形的东西体现出来的冲动而出现的。他在天国找到了在地上失去的东西。可怜的孩子热爱诗人，但是，她找不到诗人。她并不渴望升入天国，但是，对他来说，她的爱却暂时把她带入了天国。从根本上说，诗人对一个女人也像一个普通的利己主义者那样是自私的。利己主义者要求女人百依百顺，而诗人则把女人看作是天上的神女，是天使：二者都没有把她看作来自人类的伙伴，他们爱的都不是她本人；对这二者来说，她只是他们所寻求的东西的一个符号、一个爱情的容器，而不是爱情本身的对象，区别只是神圣与卑下而已。但是，这二者都用自己的方式美化了她而没有理解她。但是，几乎所有的女人都宁愿为了自己的本来面貌忍受鞭笞而不愿为了虚假印象而受到崇拜。几乎所有的女人都宁愿为了自身所具有的特征而遭唾弃而不愿为了自身所不曾具有的特征受到赞颂。

　　女人经常不得不遇到进退两难的境界：一个恋人风度翩翩，一个恋人
却丑陋不堪，就像埃斯皮纳·德·塞尔纳的小说《马拉加特利亚的狮身人
面像》❶中的人物马丽弗劳遇到的情况一样。罗德里戈是一个诗人，当他们
二人在火车的同一节车厢内共同欣赏日出时，他爱上了她。在他最初的印
象中，她完全符合他富有诗意的想象；他在阳光中感到心迷意乱，他与她
分手时仍然有些神志恍惚。初次相遇留下的印象加上分离带来的魅力使他
以最温柔的语言给她写了几封信，还附上了自己的诗作。面对着大海和
星空，还有他们共享的日出，他把所有理想、所有激情都集中到这个多
163　情而孤独的，离开城市住到乡间祖母身边去的姑娘身上。她的生活比任
何姑娘都更百无聊赖，罗德里戈的来信占据了她所有的思想和希望。最
后，他去看她，他才体会到从前体会过无数次的东西：她只是从他想象
力中放射出的光线的一个短暂的焦点，这个焦点早已转移，它不肯固定
下来，而不顾他的荣誉感和他对玛丽弗劳的真诚同情为他带来的极度痛
苦。于是，他走出了她的生活。而在这时，祖母家的极度贫困又使她感
到与安东尼欧结婚是她的义务，因为只有答应嫁给他，他才肯为她的家
庭提供她们急需的帮助。安东尼欧是个富有的农民，一看他的样子就让
她难以忍受。神父劝她答应安东尼欧并且在宗教中去寻求安慰，即使她
嫁给了别人，也一定去寻找宗教的安慰。

　　在《安娜·卡列尼娜》中，托尔斯泰把列文和基蒂结婚生活中符合
道德的幸福与安娜和沃伦斯基随着努力追求浪漫的、不合法的爱情而来
的幻灭做了鲜明对照。斯汤达在《红与黑》中也对企图通过自私手段、
而不是从真正的爱情中寻求快感的丑行做了深刻的揭露。作者说，从来
还没有别人能像于连和马蒂尔德那样以如此冷淡的心情交谈着这种被爱

---

❶ 埃斯皮纳（Concha Espina de Serna，1877～1955），西班牙女作家，小说多以矿工生活为背
景，代表作有《死亡者的金属》（1920），其中充满了人道主义精神。——译者

情激励出的情话。二者都希望不用去爱而得到爱情，每个人内心的空虚也能在对方的心里得到空洞的反应。在绝望的时候，他们在情场的进退中变得更加令人捉摸不定了，他们把自己搅在一张永远也解不开的网中。由于互不信任，互相欺骗，他们和解的机会越来越少，也越来越困难，最后谁也没有一点真挚的感情了。

　　小说家越来越多地指出，当人们把爱情当作应该进行欺骗的娱乐或游戏时，爱情也就不成其为爱情了。小说家还指出，爱情实际上已经变成了一种严肃的人与人之间的关系，当人们不考虑一方或双方的个性时，这种关系是不可能成立的。如果忽视了女人的个性，那么，真正的爱情也就非常难以寻找了。如果说一个男人认为打牌时耍花招要比欺骗妇女更有损声誉的话，那只是因为在与妇女交往时他根本不考虑声誉的问题，因为他们并没有把妇女当作人来看待。女人的放荡与其说是她们的耻辱，还不如说是对男人的利己主义（egoism）的有意冒犯，因为人们认为女人不可能有荣誉。女人一直附属于那并不附属于她们的男人，乔治·梅瑞迪斯在他的小说《利己主义者》中就以一种令男性读者感到无地自容的方式描述了这一情况。小说的主人公对于究竟哪个倾心于他的女友应该获得他的垂青捉摸不定，而他却对这些女友不能无限期地等待他的决定、最后轻率地与别人结了婚感到愤怒。最后，他与克拉拉·米德尔顿订了婚，她应该得到最深厚的爱情。但是，他的利己主义使他不能把爱情当作一件礼物。他风度翩翩，"聪明过人"，然而，他却看不到他是如何伤了她的心。他体会不到他让她觉得自己像"一种根本不能讨价还价的可以收买的物品"。亨利·詹姆斯❶在《贵妇人的画像》中也描述了这种情况。小说中的伊莎

---

❶ 詹姆斯（Henry James，1843~1916），美国小说家。西方评论家认为他是心理分析小说家，但他并没有陶醉于人物的心理和潜意识活动中。他的主要作品有《一个美国人》《贵妇人的画像》《鸽翼》《专使》《金碗》等。——译者

165 贝尔·阿切尔对吉尔伯特·奥斯芒德来说就是一只"笼中的鸟"。奥斯芒
德是一个只注意各种美丽的东西的曲线和表面的唯美主义者，这些东西也
包括了他的妻子。他喜欢收集各种美丽的物品，并且喜欢显示他的高雅趣
味，因此，对伊莎贝尔来说具有一种个性只能为他带来无穷的苦恼，他认
为个性只应该是他自己的影子。

　　一个女人屈从于一个男人的必然结果就是丧失了她与其他男人自由
交往的权利，同时，他也丧失了与其他女人自由交往的权利。这就是威
尔斯的《激情的朋友们》这部小说的主题。"他对其他所有妇女都必须
保持一种听而不闻、视而不见的态度，显出文雅而又漫不经心的样子。
他必须尊重围在她们周围的那种透明、无形、缄默的帷幔。"小说的女
主人公说："难道就没有什么办法摆脱这种生活吗？……因为，如果没有
办法，我就宁愿退回到自己的闺房，也不愿像现在一样生活在玻璃监狱
中——我可以看到人生的一切却什么也摸不到。"但是，妇女并没有后
退；她们走出来了；而这就造成了威尔斯在这本书中描述的那种境况：
"这是一种前所未闻的境况……这是刚刚出现在这个世界上的新的人类
喜剧，喜剧中的男人还在为了他们按照古代法则对妇女的占有以及这种
占有的方式争论不休，而在另一方面，她们正在以前所未有的坚定态度
决定她们绝不允许别人占有。"

　　从前对妇女来说，独立就意味着做一个女冒险家，就像贝基·夏普
（Becky Sharp）一样；但是，现在这意味着，她们要求人们把自己看作
一个人而不仅仅是把她们看作一个女人。这就是谢拉·凯伊—斯密斯笔下
166 的琼纳·戈登、高尔斯华绥笔下的弗雷·福赛特、多萝茜·理查逊笔下的
米瑞安（Miriam）和梅·辛克莱笔下的玛丽·奥利维尔这些人物的魅力
所在。做一个女人并不是必须要具有男人气概。如果说看起来必须如此，
那是因为，迄今为止人们只承认有男子气的个性，因此，妇女要做一个人
就必须扮演男人的角色，就如琼纳·戈登一样。然而，妇女的气质和职业
往往比男人的气质和职业更带有个人性质。塔弗茨教授（在杜威和塔弗茨

合著的《伦理学》中）说过，妇女的家务工作不能建立一种系统，而男人的工作往往是标准化的。妇女与他人的联系是面对面的、完整的，她必须照顾"孩子的一切活动"，照顾"一家大小"，而男人照顾的只是生活的几个部分，他的职业态度又使他在生活的这些部分中做出非个人性质的调整。男人一直还坚持认为男人的世界比女人的世界更重要，由于他参与了那个世界的事务，他本人也比女人更重要，而女人只有承认这点，别无选择，因为男人的世界已经与她无关地建立起来并得到了承认。除非男人肯于屈尊注意，女人的世界总是孤立和受人忽视的。塔弗茨说，男人的工作"是一种不间断的刺激，也是一种支撑。女人的家务工作却没有这种职业刺激或职业证明"。在瓦尔波罗的《大教堂》这部小说中，作者对此做了很好的描述。副主教由于自己的工作成了一位显贵，而他的妻子只是由于做了他的妻子才能成其为一个人。塔弗茨又说道："如果女人没有看到丈夫的全部面貌，那很可能是他把这部分留在家庭外面了，而这部分乃是他最机敏、最聪明、最有兴趣的部分——专业性或商业性的部分。"在《大教堂》中，作者对此也做了描述。副主教的太太对城镇居民对丈夫的赞许很不理解，因为在她眼中，丈夫远远不值得人们赞许，因为他除了在家中用餐和睡觉之外，对她或对她的家务工作毫无兴趣。在以前，他对她的兴趣就像他现在对工作那样有兴趣，她也就能对他大加赞许。假如他对他们的子女表示一些兴趣，也许他们还能继续保持某些共同语言；但是，他除了自己的舒适和书房之外，对孩子和家中的一切都没兴趣了。他在家中禁止孩子们在餐桌上谈话，也禁止他们在他面前活动，这样他就放弃了以父爱进行教育的机会。他并没有意识到自己的错误；他并不是精打细算的吝啬鬼；他把兴趣中心放到家庭外面了。他与他的妻子一样都能独立生活；如果说他能够离开妻子的陪伴而生活，那么，这是因为他在家庭外面还能找到自己的伙伴，但是，她却不得不从他无法理解的外部支撑自己的灵魂。

167

　　然而，他们二者在任何别的地方都不可能得到他们从家庭中失去的特殊合作关系。家庭能够诱发在别处无法产生的爱，因此，如果子女与父母在家庭中失去了接触，那么，这将是绝对的、全面的损失。年龄差距本身就会隔断他们之间的联系，尤其是当时代迅速发生变化的时候更是如此，那时孩子们生活的世界与长辈的世界完全不同了，就如屠格涅夫在《父与子》中描述的那样。如果一个家庭迁居国外，就如薇拉·凯瑟的小说《我的安东尼亚》中的一个家庭那样，那么，在适应新环境时，孩子们要比父母快得多，因此，这个家庭的团结也就崩溃了。但是，父母与子女之间最凄婉动人的分裂并不是由于加入了家庭外部世界的分歧引起的，而是由于内部产生的误解（当孩子们尚未在家庭外面搅起风波之前）而引起的。玛丽·奥利维尔还在摇篮里的时候就怕她的父亲。他从来都没有以同情之心走近孩子们，而是一次又一次地闯进来戏弄他们和惹恼他们。做出这种行为的男人并没有在家中显示出个性，他把家庭成员，无论是妻子还是子女都没有当作一个人。但，走出了家庭他就不敢这样行事了，因为他知道这要遭到报复。但在家里，他就是超越法律之上的君主，可以任意欺侮别人，可以颐指气使，或者以别人的代价来享受清福；也许他并不是坏人，他只是没有认识到家庭应该是一个由个人组成的民主团体，因此，当他回到家里，他就应该放下在社会上的身份。这样一来，我们在凯瑟琳·曼斯菲尔德❶的小说《在海湾》中就可以以一种同情的心情看到男主人早晨离家后女主人和孩子们如释重负、如昔日的独裁一变而为共和一般的情景。

　　当一个具有广泛经验的、可以给家庭带来最大刺激的男人，对家庭

---

❶ 曼斯菲尔德（Katherine Mansfield, 1888～1923），英国女作家，艺术上深受契诃夫的启发，不设奇局，不求曲折的情节，注意从平凡之处挖掘人物情绪变化，文笔简洁流畅；作品有《幸福》《园会》《鸽巢》《幼稚》等作品，《前奏》《在海湾》则以优美的散文描绘了惠灵顿郊野风物和家庭情趣。——译者

表现得很冷淡，把兴趣都留到社会上，使他的工作蒙上了一层神秘色彩，就像达理乌斯·克莱汉格一样，而不是和家庭一起分享这些经验时，这种自私态度就不仅使他脱离了家庭中的集体生活，而且也使这个家庭无法扩大生活的范围。一个能够为家庭直接提供广阔信息的人往往是沉默寡言的。世界上有些人不是这样，但小说家给读者留下的印象却是：这些人少如凤毛麟角。 *169*

家庭内部的隔离模糊了妇女和儿童的个性。但是，当工业革命比以往任何战争都更多地把男人引出家庭的时候，它最终也解放了妇女，即使她们仍然待在家里。然而，妇女要在家里达到最完善的发展还很不容易，因为即使她有这种自由，也没有足够的闲暇。不管她的丈夫给她带来的是豪华的享受还是单调的苦役生活，只要她必须使用丈夫挣来的钱，她就无法赢得自尊，由于她必须像礼物一样接受用他的钱买来的东西，这就意味着丈夫比妻子更重要。男人的工作既有报酬又能受别人尊重，而女人的工作既没有报酬，而且除了他的称赞，她也得不到任何人的称赞。然而，如果他们是相爱笃深的夫妻，那么，这也无关紧要；他的欣赏比世界的赞赏更重要，他也不认为她的劳动是一种损失，因为这完全是出自对他、对孩子们的真诚的爱。家庭账目要由丈夫来审核，只不过是一种经济上的偶然，因为，妻子的工作对于丈夫来说就如同丈夫的工作对于社会一样是同等重要的，甚至往往更不可缺少。如果丈夫除了要求妻子的忠诚之外，不要她尽任何义务，那么，事情又当别论了，这样一来，他很可能并没有增加对她的尊重，他甚至把她看得连一个仆人都不如，就如伊巴涅斯在他的小说《女人的胜利》（*La Maja Desnuda*）中描述的一样。

如果丈夫把妻子当作女主人，那么，她对丈夫的权力也就像女主人的权力一样是短暂的，因为男人的情爱反复无常而女人的魅力则是昙花一现。但是她的个性却可以带来永久的魅力。当女人获得解放和受了教育以后，能够在社会上更自由地实现自己的兴趣，因而也就能为家庭内部带来文明生活的理性时，这种情况就会更加明显。妻子再也没有必要否定一种 *170*

充实的人生，否定那种与之俱来的个人吸引力了。现在再也不可能把妻子
仅仅当作一个女人而不是一个人来看待了。过去这样做就总是很糟糕的，
现在，既然妇女已经认识到争取自己个性的权力，那么，这样做就会更糟
糕。妇女再也不会待在家里充当一份财产了，就像《福赛特家史》中的女
主人公伊琳一样。像索米斯·福赛特那样的男人不得不承认女人不是财
产，而他们将会由于这一发现而生活得更加幸福，就像小乔里恩一样。

因为家庭生活本质上也是社会性的，因此，那些带着自私心理进入
家庭的人将无法体会它的含义。无论如何，面对着这种日益增长的信念：
妇女也将是一个具有自己权利的人，要想重犯上述错误将是困难的。当婚
姻越来越多地以共同教育和兴趣为基础时，心理上的冲突也就越来越少
了。往往由于在最初的时刻没有充分考虑个性问题，到后来才会发现互
不相容的个人分歧。只有那种以固定性格的和谐为基础的结合才能带来
持久的满足。

大多数小说家都承认这种看法，即：性在人生中只能起到一部分作
用。因此，尽管玛丽·奥丽维尔很孤独，但是有了哲学、音乐和工作，她
就感到幸福。虽然小说家把性问题摆到一定的地位上，人们也不认为这就
是下流，因此，尽管玛丽·奥丽维尔不再偷情（Liaison），她也并无悔
意。当琼纳·戈登的恋爱遭受挫折时，她就埋头工作。她曾严厉地辞退了
一个女仆，因为她认为这个女仆已经结婚了，而在她已婚的姐姐和别人私
奔的时候，她却感到无比烦恼；但是，当她自己未婚怀孕时，她却认为如
果能找一个地方悄悄地生活下去就心满意足了。里贝伽·韦斯特的《法
官》是对性沉迷的一声怒吼。头脑复杂的人以自己能把心思和大量的兴趣
用于与性无关的事情而感到光荣。理查德对自己情人最高的赞美就是说她
的心灵和她的身体一样，都是一尘不染。

小说并没有解决婚姻问题，也没有解决任何其他问题，但是，它为重
建对婚姻的合法和符合习惯的态度提供了素材。小说完全脱离了家庭习俗
来再现男女相互关系中的价值。按照这种习俗的标准，这种关系也许就是

一种罪孽。但是，小说家是从这些价值本身揭示这些价值的，因此，他使人们能够从价值本身的长处来考虑这些价值并为改变人们对它们的态度提供了便利条件。比如，在《梦》这部小说中，威尔斯指出了家庭在其现有基础上怎样忽视了性的价值；性往往能把上帝缔结的姻缘割裂开来而把他隔断的婚姻又结合起来。人们正在采取重大步骤来修改教育体制。在少年犯罪法庭上，一切明确、固定的法律程序都为了弄清每个案件的具体情况而被搁置起来。认识到这种发生在法律、教育、政治和经济学体制中的重建工作将为调整关于性的观点提供一种背景。由于我们对这一问题有如此浓厚的兴趣，我们几乎很难客观地看待它。人们为性问题蒙上了一层由禁忌与迷信构成的纱幕，以至我们没有勇气真诚地注视这一问题。显然，人们对这一问题的态度正在发生变化，但是，我们却仍然认为古代对这一问题的习惯看法并不需要改变。小说家只是把自己看到的情境再现出来，他对习惯看法既没有投掷石块，也没有捧上鲜花（假如他是个内行），他只是为这一问题的重建改造提供了可用的材料。

　　小说家使我们能够摆脱日常生活的偏见，并且使我们能以对其本身的爱来思考人类的价值。于是，我们看到有时社会的习俗能适应并培养这些价值；有时它又会扭曲和搅乱它们。在一个时期内，由于受到小说家的技术引导人们产生了审美态度，只有借助于审美态度，我们才能牺牲文字而注意其精神，而不是相反，不像实际生活中的紧急关头要求我们做出的日常反应一样。在这些审美时刻，当我们摆脱了体面的禁锢和习俗所要求于我们的一切时，我们就能不动感情地观察事物了，因此也就能对我们习惯性的判断进行检验和批判。在审美态度中，我们放松了警惕，对我们平时回避和忽视的那些情境和人物产生了同情。这种洞察在我们心理上保留下来，因此，我们上述的态度是不知不觉地活跃起来的。任何一部优秀小说，只要我们乐于接受其影响，都可以使我们变得更聪明、更有人情味；而且，可以说，更多的是通过小说而不是实际接触，我们才理解了查尔斯·理德❶所说的"人类的各种类型和条件"。

从许多小说中，人们可以得到一种看法，即爱情的麻烦在于婚姻：或是有情人不能成为眷属，或是他们怕成眷属，或是他们真的成了眷属。但是，从别的小说中，人们又可以得到这种看法，即婚姻的麻烦在于爱情，或者说是婚姻的麻烦就在于缺少爱情；而且这些小说表明，爱情只有在婚姻中才能得到最充分的展现，到那时，自私的情欲才能嬗变为对家庭共同利益的谦卑的忠诚。《安娜·卡列尼娜》以及克努特·汉姆生❷的《大地的成长》、约翰·波义尔的《大饥荒》都描述了爱情由于需要计划和努力，由于既有享受又有痛苦，因而变得神圣起来的情况，它们也指出了爱情比起有关爱情的、癫狂的浪漫想法要优美得多。这些充满阳光的小说表明了经常伴随着浪漫出现的是幻灭、是反复无常和轻浮，而这是由于这些人物的浅薄和无知造成的，这些小说还指出了那些懂得爱情的人的爱情永远不会失败，而只有这才是爱情。诚然，人们对自己占有的东西总会感到厌烦；但是，聪明的恋人绝不会让别人把自己全部占有；如果有必要的话，他们甚至会以分居的方式来保持自己的个性，但是，他们特别要以独立的思想来保持自己的个性，这样在他们之间就绝不会出现老生常谈或不引人注意的东西了。他们认识到婚姻不是容易的事，不是凭着婚礼的魅力就能缔造的，婚姻是最难的艺术，它需要最杰出的智力和策略。

174 他们还看到一方面许多人误解、滥用和糟蹋了婚姻，而另一方面，"少数获得了解放"的人又误认为婚姻是一种只有凡夫俗子才做的低贱行为。他们不是把婚姻当作一种懈怠和放任自流的机会，而是当作一种挑战和通向精神发展的道路。他们还认识到，一方面婚姻只是那些能从婚姻中

---

❶ 理德（Charles Reade, 1814~1884），英国小说家、戏剧家。最著名的小说是《教堂和家灶》（1861），受流行剧影响较深，情节较夸张，人物偏重外在描写，缺乏内心活动。——译者

❷ 汉姆生（Knut Hamsun, 1859~1952），挪威作家。《大地的成长》（1917）是一首农村赞歌，被誉为挪威小说中的经典作品，1920年获诺贝尔文学奖，1940年纳粹占领挪威时他拥护占领者，1945年被判处叛国罪，后因病获释。——译者

得到性满足的男女之间的关系，另一方面，世界上还存在一些不能结婚的男女所喜欢的关系。

在目前阶段，小说具有超乎寻常的重要性，因为，通过描述性格的发展，小说揭示了个人是如何与周围社会同化的，是如何对社会做出反应并为它赋予新形式的。小说把那种与社会中非个人性组织不相容的"发现"公之于众了，这种发现是由个人构成的，因此，小说也就为人们能够正视通过个人重建社会这一问题提供了便利条件。迄今为止，个人都是过多地根据社会习俗评价的，但是，小说正在引起一场哥白尼式的革命，它将把个人视为社会秩序的中坚和推动者。社会是通过个人变化来改造的。社会从外部强加于个人的风俗习惯是陈旧和保守的；而个人对此做出的反映则是新鲜和有建设意义的。个人的自我是社会性的；这种自我是从社团中得到的；但是，作为一种新的纽带，它通过各种相互依存的光线组成了新奇的图案。因此，小说家对于个人生活的再现也就集中于社会的成长点上。把小说家的工作与社会科学家的工作相比，就可以说明艺术与思想的关系。社会进步的问题已经把个人作为促进社会进步的钥匙摆到引人注目的地位上。小说家把个人作为审美沉思的对象放到了关键位置上，但他并不想去转动这把钥匙，也不想提出一种解决方案；而社会科学家则接过小说家找到的钥匙，并继之以假设和实验来试图转动它。

175

小说家为重建对儿童、妇女和工人的合法而又符合习俗的态度提供了材料。他们指出，儿童不仅仅是没有成年的人，他们也是充满富有激情的想象和充满渴望的个人。要使儿童的本性得以实现，教育家就应该试图理解它并采取相应的办法，而不是粗暴地强迫儿童遵循现成的办法。不应以对惩罚的恐惧和对荣誉的追求来强迫儿童去学习，而应对儿童的自发兴趣加以指导和扩展。小说家把儿童本身作为目的来欣赏，新型教育就是从这里开始成长的；它又沿着小说家的这种直觉（即：如果我们真的对生活抱有信心，那么，我们就必须对儿童的生活抱有信心）发展了。小说家还使人们注意到妇女、工人、罪犯们被忽视了的个性。小说家提供了审美沉思的材料，这些材料使人们对习俗和传统观念的重新思考，甚至是重新改造成了可能。特别的是，小说家使个人作为重新建设的关键而引起人们的注意。按照这一线索，社会科学家正在对个人进行研究和教育，并使他们获得解放。如果社会的变化是通过个人成长取得的，那么，对个人的发展加以理解和指导就将把社会的未来掌握在人类手中。小说家本人并没有得出如此的结论，他只是在展开的过程中表现了性格，并把它留给了反思，从而也为反思提供了便利。他比记者要有更大的影响，因为他情不自禁地影响了读者的判断。他站在一旁观察着社会的重建，与此同时，他也为这一工作提供了帮助。

　　用斯图亚特·P. 谢尔曼 ❶的话说，"文学就是精神环境中的一部分，甚至是极其重要的一部分。尽管它的影响是无法计算的，但是，它一点都没有被人夸张的危险。它的影响是巨大无比的。它的影响正在与日俱增。它正在迅速地变成'社会政府的有效舆论'。文学效果与艺术性成正比，它占有了情感，因而也就控制了精神中最有生气的部分" ❷。

　　下面我们就应该考虑小说家是如何使作品产生艺术效果这个问题了。

---

❶ 谢尔曼（Stuart Pratt Sherman，1881~1926），20世纪初美国著名文学评论家和教育家，以其对美国作家亨利·路易斯·门肯（H.L.Mencken，1880~1956）的批评而著称。——译者
❷ 《不宜出版的作品》，见《大西洋月刊》（1923年6月），第82卷，第1期。

第十章

小说技巧

也许我们会说《鲁滨逊漂流记》是最好的英语小说。但是，它的形式非常平淡。笛福只不过是把一条报纸新闻扩大了，把事实与虚构融合在一起，然后装作对事实的平铺直叙把它写出来。它只有一个中心人物。在理查逊的小说《克拉丽莎》（又名《一个青年妇女的故事》）中，作者试图以书信形式造成一种真实的幻觉，这些书信都与女主人公有关，或是她写给别人的，或是别人写给她的，或是谈论她的。菲尔丁的小说也具有一个中心人物，但是，他对形式更为注意，他寻找机会嘲弄史诗，并且写了大量过分吹捧男人的离题插曲。斯摩莱特❶借鉴了西班牙以流浪汉传奇为主题的小说，他笔下的英雄与真正英雄反其道而行；但是，他又不符合英国小说传统。英国小说按照英雄史诗描述性格的进化过程。这种小说看起来没有一定形式，变化多端，往往脱离主题；但是，它们有一种潜在的生活统一性。

---

❶ 斯摩莱特（Tobias George Smollett，1721~1771），英国小说家，出生于苏格兰。他的小说具有流浪汉小说传统，如《兰登传》《皮克尔传》《斐迪南伯爵》，他最后一部小说是《亨佛利·克林克》，用书信体裁写作，描绘了英国社会风貌。他的小说，人物大部分是漫画式的，线条粗犷。——译者

　　托尔斯泰也许是世上最伟大的小说家，他也按照史诗形式进行写作。
鲁勃克先生（Mr. Lubbock）在《小说写作技巧》（*The Craft of Fiction*）
中，认为《战争与和平》分成了两个部分：青年和老年，战争与和平，因
此对托尔斯泰提出了批评。但是，这两部分是相互关联的，因为所有的人
不是参加了战争就是与参加战争的人有联系；而且个人的发展是明显地由
历史发展背景陪衬的。同样，在《安娜·卡列尼娜》中也描述了两个故
事，但是，这两个故事都以婚姻为题材，并且互为补充。鲁勃克坚持认为
小说不能包括两种内容，因此，他很赞成法国文学。托尔斯泰和大多数英
国小说家都认为生活本身并不是以一种简单的形式出现的（这与英国的多
元论和经验论哲学是一致的），反之，法国人一直信仰一元论，因此，他
们的长篇小说只是短篇小说的延长，他们很少展示性格的发展，他们不能
容忍对主题的偏离，他们长于分析透辟而失之于范围狭窄，在英国小说将
会出现群像的地方，法国人只能描绘一幅肖像。当然，《悲惨世界》是一
个例外，普鲁斯特和罗曼·罗兰的伟大著作更是例外。在英国也有人反对
长篇巨制的小说，而倾向于严格的法国类型，斯蒂文森的作品就是如此，
而在更晚近的时期，斯文纳顿（Swinnerton）的《夜曲》（*Nocturne*）则
把情节只压缩到几个小时之内。然而，高尔斯华绥和威尔斯则又尝试着回
到长篇巨制的小说。在法国小说的影响下，有些俄国作家曾写了一些短小
的长篇小说，但是，托尔斯泰和陀思妥耶夫斯基并没有受此影响。意大利
人往往喜欢写中篇小说（*Novelettes*）而不喜欢写长篇小说，当然，曼佐
尼 ❶ 的《约婚夫妇》（*I Promessi Sposi*）也是一部写得相当长而且相当从

178

---

❶ 曼佐尼（Alessandro Manzoni，1785～1873），意大利作家、诗人、剧作家。他是19世纪意大
利浪漫主义文学的代表。历史悲剧有《卡马尼奥拉伯爵》《阿德尔齐》，他的历史小说《约婚夫
妇》是意大利最重要的浪漫主义作品。他为意大利历史小说的发展奠定了基础。——译者

容的长篇小说。邓南遮❶写作一种主观上颠倒了的小说，来表现当代的自我意识。西班牙小说都很明显地统一于一两个中心人物，其代表作家有加尔多斯、伊巴涅斯和德·埃斯皮纳。

在皮尔西·鲁勃克的《小说写作技巧》中，他列举了两种不同的长篇小说形式。一种是描绘情景的或戏剧性的小说，这种小说的故事在读者面前就像戏剧一样自动地展开；另一种是绘画性或全景性小说，这种小说的作者以亲身经历的方式向读者讲述书中的故事。❷前者生动，但在时间和空间上受到限制；后者虽不如前者生动，但在写作时更为自由。在间隔一些重要的关节，尤其是高潮的时候，最好运用一些景物描写。而绘画性的非戏剧形式，最好用于铺垫、介绍背景和概括。在小说中，或多或少都必须应用这种形式，而这部分很可能是沉闷的。因此，小说技巧也就应该被用来把这部分写成绘画性和写成戏剧性的。

鲁勃克的理论可以从康拉德的作品中得到说明。因为仅从康拉德一个人的作品中我们几乎就可以找到写作小说的各种方法。常用的方法就是无所不知的作者不断地插入故事当中向读者讲述他们需要知道的东西。这种步骤有些牵强，它容易破坏故事的幻觉，除非作者本人是个极为有趣的人，否则这种插入是不受欢迎的。康拉德在他的第一部小说《阿尔迈耶的愚蠢》中就充当了这种无所不知的人。只要小说是从阿尔迈耶的角度叙述的，读者就能得到一种连贯的印象，似乎康拉德是从阿尔迈耶那里听到这个故事的。但是，当观察角度不必要地转到阿尔迈耶的马来人妻子和其他人物的思想上时，统一的效果就消失了，真实的幻觉就受到损害。于是，

179

---

❶ 邓南遮（Gabriele D'Annunzio，1863~1938），意大利作家，具有唯美主义倾向，对美有着敏锐的感觉和丰富的表现手法，善于精确捕捉和展示自然界的美和色彩。他的文字优雅、柔美，对意大利现代文学和语言产生很大影响。《玫瑰小说》三部曲是其创作倾向发生转折的标志。——译者

❷ 柏拉图《理想国》第三卷，在批评荷马的文学技巧时就总结了这些形式。

读者就开始怀疑，是否所有这些人物都向康拉德倾吐了自己的秘密呢？这
不大可能，肯定是他编造了整个故事，因而也就失去了它的逼真性。这部
小说克服了这一缺点，因为它的素材很有趣味，它还通过时间系列的变化
造成了悬念，而且，这部小说还具有一种魔力，即第一次写作小说的、有
一种喜爱激烈冒险气质的青年所具有的那种生命力。

　　《水仙号上的黑家伙》（ *The Nigger of the Narcissus* ）也不见得比《阿
尔迈耶的愚蠢》更真实，然而它似乎更真实。这并不是由于康拉德自己这
样说过，因为鲁勃克先生曾说："故事看起来像真的，这就很好。平铺直
叙并不能造成真实的印象。"《水仙号上的黑家伙》这部小说看起来很真
实，是因为康拉德在写作时把第一种手法用来使绘画性形式具有了戏剧
性：他放弃了无所不知的作者使用的方法，采用了个人叙述法。这样，他
就在讲故事的人与故事之间直接建立了合法关系，由于现在他本人也是故
事中的一个人物了，因此，他所讲的东西就不是一种插叙了。读者对他能
够了解书中别的人物是绝不感到意外的，读者把他当作一位亲身经历此事
的人了。由于读者注意着他的活动，因此绝不会脱离这个故事了。鲁勃克
还谈到这种自传式的方法："作者肯定会加入自己的观点，但是，他可能
把这些观点依次变成一个个的行动。当他应用那些旧日的回忆时，这些观
点就是一个行动或一种行为，为什么这种手法本身就不能具备某种戏剧价
值呢？这种手法有些像戏中演戏；至少是其外部框架（是由反思性的思维
构成的）会立即出现在读者面前，而框架中的内容、投射出来的景象与外
部框架的关系将会自动地得到解释。" ❶

　　与《水仙号上的黑家伙》正相反，《阿尔迈耶的愚蠢》缺少一种统
一性，因为这部小说的一般化了的叙述者不在故事之中，因此，也就没有
很明显的理由一定要把故事的不同线索都与他联系起来。然而，阿尔迈耶
本人又不能自己讲述这个故事，因为读者需要知道的是他不可能提供的东

❶《小说写作技巧》，第124页。

西。在《水仙号上的黑家伙》中，这人格化的叙述者就做得很成功，这部小说的主题就是在这个黑人的头上盘旋着并且让全体水手都感到恐惧的死神，而死神是什么都能办到的。但是，如果一个故事的主题就是其中的一个人物，那么，他本人可能就无法进行叙述了，有太多的事情他不可能进行自叙，除非这个故事是浪漫主义的，在这种情况下，第一人称与浪漫结合起来了，就如梅瑞迪斯的《哈利·里奇蒙历险记》一样。如果故事的中心是与讲故事的人物无关，就像《大卫·科波菲尔》一样，那么，就应该使用人格化的叙述者这种方法。❶

不要让小说的主角进行自我分析，最好还是让读者自己看到他的精神世界。为了做到这一点，小说家放弃了第一人称手法又重新采用了第三人称手法，但其区别在于，现在他是以小说人物自己的眼睛进行观察的，而他本人又没有充当小说中的人物。如果小说中的某些重要情节发生在主人公的内心世界，那么，就要把这层纱幕揭开而使内心的戏剧展示出来。虽然读者仍然关注着小说人物所看到的景象，但是，他不再是倾听这些人物的叙述了，他要自己进行观察了。鲁勃克解释道："尽管仍然是小说中的人物在观察、在判断、在思考；仍然要按照主人公的意志去描绘人生的图画。但是，区别就在于：我们现在不是听他叙述了，而是在观察他如何进行判断和思考；他的意识再也不是一种传闻了，再也不是只由他本人讲述的东西了，现在，它在我们面前变成了一种自身具有活力的东西了。这里向读者展示了一个壮观的场面，其中没有引人注目的解说员，也没有反射光线的发射器，没有含义的向导。小说人物的内心生活被反映到一个独立的、由周围事物构成的世界中；他的内心生活有自己活动的天地；它显现出来，它活动起来。在小说人物观察的景象与其内在的能量之间出现了一种差别，他的内在能量要把所有的景象都纳入他自己的气质中。这景象与以往的景象完全相同，仍然是通过小说人物的眼睛观察的；但是，现在情况不同了，在这些景象面前，出现了另一种实际上是由读者掌握的东西。

182

---

❶ 《小说写作技巧》，第128～131页。

由这些东西也就增加了戏剧的价值。"❶这就是陀思妥耶夫斯基的《罪与罚》采用的方法，在这部小说中，我们就等于坐在拉斯克尔尼科夫头脑中的剧院里。其他的手法是不能表现这种隐秘恐惧的。一个一般化了的无所不知的叙述者是不会令人信服的，而且，如果拉斯克尔尼科夫本人在事后讲述这种恐惧，那么，也只能使其受到削弱。

如果人们的兴趣完全集中在主人公本人的身上，那么，就必须使主人公的精神戏剧化。然而，人们还是保留了绘画性方法的全部一般化力量，因为主人公眼中的全景还是要由读者自己观察的，同时，他还要观察在主人公头脑中由这些效果构成的戏剧。"小说中的一切，无论是一页对话，还是一页描写，现在都被戏剧化地展开了，因为即使在一页描写中，也没有人向我们讲话，也没有什么人向读者谈论自己的印象。印象是通过许许多多的形象自己显现的，而这些形象活跃在主人公内心和记忆的广阔天地中。"❷

然而，康拉德在《水仙号上的黑家伙》中就不能使用这一方法，因为这部小说的叙述者只不过是一种综合的知觉，一个非人格化的观察者；如果我们把自我意识的聚光灯转向他的自我，那么，读者就什么也看不到了。为了使这个叙述者本人也值得一看，康拉德就将不得不为其赋予一个角色，而这个角色也将把水手作为一个团体所具有的兴趣展示出来，而这就是这部小说的真正焦点。

但是，在康拉德的《吉姆老爷》这部小说中，其主题可能就是用我们所谓的间接性手法进行处理的，因为这部小说是一个心理学故事而不像《水仙号上的黑家伙》那样是个社会心理学故事。这部小说把兴趣集中于吉姆老爷的灵魂上；什么冒险呀，其他人物呀都是无关紧要的，除非它们能够衬托吉姆老爷。也许康拉德就像陀思妥耶夫斯基打开了拉斯克尔尼科夫的头脑，就像詹姆斯在其小说《专使》（*Ambassadors*）中打开了斯特瑟

❶《小说写作技巧》，第143页。
❷《小说写作技巧》，第170页。

尔的头脑一样，打开了吉姆的头脑，但是，他的手法更迂回。其中既没有 *184* 无所不知的叙述者，也没有让吉姆本人来讲述整个故事；更没有把他的内心公之于众。康拉德以第一人称讲了一些东西；而聪明的马洛则以第一人称的叙事方式对吉姆作了说明；吉姆本人也讲了一些他能讲的事情，而其他人也讲了自己知道的一些事，最后把各种能找到的观点都加到小说中。在康拉德的《机遇》中，作者又再次从许多角度展开了故事，但是，不幸的弗罗拉和她的救命恩人安东尼船长，却几乎被由他们的亲身见闻构成的迷雾弄得模糊不清了。在康拉德的大多数作品中，我们都可以看到他努力在把那些本来是非戏剧化的东西变成戏剧化的东西。

在这方面，康拉德是亨利·詹姆斯的信徒。詹姆斯曾试图至少也要写一本任何事物都被戏剧化的长篇小说。正如鲁勃克指出的，在《未成熟的少年时代》中，詹姆斯早已超越了小说家的全部特权：小说家能为自己写出的人物提供背景，除了加上一些舞台指导说明以外，小说家只需加上一些对话和动作；此外，他们比剧作家还有一种长处，即：小说家自己能制造演员，从而使台词能够得到完美的解说。然而，《未成熟的少年时代》（*The Awkward Age*）是否能像一部戏剧那样表现出来还是值得怀疑的，因为作者的一些偶然性评论毕竟要多于舞台指导说明，这对读者来说是必不可少的。这部小说几乎是一个空前绝后的绝技，因为没有任何理由可以剥夺小说家选用全景和图画中分散价值的权利，特别是，当他知道如何使这些价值戏剧化的时候。约翰·艾尔斯金（John Erskine）的小说《特洛伊海伦秘闻》（*The Private Life of Helen of Troy*）除了对话之外什么都没写，而这些对话写得很好，它本身就足以说明问题；如果作者在作品中加上对黎明时的宫殿、落日时的花园所做的描写，读者肯定也会把它们跳过去。 *185* 其中的背景就像希腊的戏剧中的背景一样简单，因此，加上一句提示就够了，而且，这部小说使人特别联想到希腊悲剧，因此，除了对话之外，作者省略了任何文字描写。这就证明了萧伯纳的名言：人们渴望的是好的对话。但是，人们会怀疑亨利·詹姆斯和约翰·艾尔斯金两人的这两部作品是戏剧呢还是小说？情境就是性格鲜明的人物之间的相互作用，它是被展现出来的，而不是作为小说本质的在一个长时间内缓慢使个性展开的过程。从严格意义上讲，小说不能省略那些图画性或全景性的段落。

　　在一部生机勃勃的小说中，这些段落也许被有意识地做了非戏剧化处理，而把它的调子压低一些，免得使它看起来过分地戏剧化了。另一方面，这些段落也许会被用来支撑和证明某些激烈的戏剧场面，就如狄更斯的作品一样。一方面绘画性场面和风景可以用来冲淡小说的戏剧性，另一方面也可以被用来加强小说的戏剧性，巴尔扎克就是这样做的，他的小说精心刻画了风景，其目的全在于加强小说的戏剧化力量。在康拉德的小说《台风》（*Typhoon*）中，前五十页的描写拖住了读者，直到他做好了准备，使一股行动的激流一发而不可收。

　　值得注意的是，康拉德的小说题材是浪漫主义的，而他的技巧却是现实主义的，他尽力使他的叙事显得逼真。司各特的长篇小说的第一部分很像巴尔扎克的小说，是缓慢前进的。但是，大仲马就没有这样做。他是直接进入对话和行动的，并一直保持下去，只是在不可避免的时候才加入一些解释性材料。也许有人会说，真正的浪漫主义作家，如大仲马，根本没有写作技巧，他们依靠的完全是创造能力、丰富多彩的和为他带来欢快风格的小说中的热情。浪漫主义作家只要把他们的白日梦境拉长就能使我们陶醉了。而现实主义作家要掌握更多的技巧，因为他们的任务更为艰巨：用日常生活中的人物和地点来吸引读者。为了再现日常生活中的价值，他们对绘画和戏剧的效果、对间接叙述都进行了实验。浪漫主义者抛弃了人们熟悉的东西，把人们引向了仙境。卡贝尔（Cabell）就不使用那些不能把人们引向仙境的文学，他坚持不懈地努力让我们忘掉真实的世界，而且取得了辉煌的成绩。但是，一个非常伟大的作家，比如托尔斯泰，就会激起我们对土地和壁炉的渴望，就会让我们从日常的生活和爱情中寻找浪漫。这样伟大的作家也会像浪漫主义作家那样豪迈地抛开各种技巧的纠缠。由于鲁勃克认识到托尔斯泰的伟大，因此，在《小说写作技巧》一书的开头，他向托尔斯泰表示了深切的敬意，但随后就匆忙地离开了他，因为他违背

186

了鲁勃克的所有技巧和法则。鲁勃克以严谨的逻辑说明在一部长篇小说中，应该用绘画和全景展开广阔而曲折的视野，但是，托尔斯泰却试图用戏剧和行动而不是其他手段来填充无限广阔的空间和漫长的时间跨度。

　　虽然我们承认天才作家的创造性风格要回避分析性笔法，但是，我们也不能不看到一部作品的结构和形式仍然是有启发性的。对于那些认识这一点的人来说，阅读就可以得到双重的乐趣，因为除了从小说本身中可以得到的天真快感之外，他还可以从小说的写作技巧中得到满足。下面我们就以华顿夫人 ❶的小说《伊坦·弗洛美》（*Ethan Frome*）为例来加以说明。人们往往把华顿夫人誉为当代美国作家中最精细的名匠，并且试图探索她的技艺是如何构成的。这部小说以严寒的冬季在一座新英格兰凋敝的农场上狭窄而无聊的生活为背景。小说的主题是弗洛美和他妻子的表妹的恋爱悲剧。他的妻子脾气古怪、爱发牢骚，而妻子的表妹很漂亮，表妹是到这个家帮助做家务的。小说中的争吵由于被放入一个框架（也就是说它以第一人称叙述方式进行了介绍和总结，这种第一人称的叙述与构成小说主体的那种无所不知的叙述是截然不同的）而显得重要起来。这篇小说从头到尾都以弗洛美的观点为出发点，而他的妻子珍纳往往被戏剧化了，但是，她从来也没有占据主导地位；她的表妹马蒂·塞尔维尔则被描写成一个可爱的少女，但她从来也没成为小说的主题。这样就使小说得以平稳地发展，正是因为如此，《伊坦·弗洛美》才能超过许许多多的小说。华顿夫人不像一个发疯的罗盘到处乱转。小说的范围仅限于几个人物和一个很小的地区。这里根本没有什么全景。开头的描写是绘画性的，但在描写的过程中作者加入了一些背景。每当一种情境自然而然地暗示了读者应该知道的某种过去发生的事情时，作者就以回忆往事的方法加入了后面需要的

187

---

❶ 华顿（Edith Wharton，1862～1937），美国女小说家，著有十余部长篇小说和一些中、短篇小说。成名作品是《快乐之家》（1905），其他作品有《天真的时代》。创作风格受亨利·詹姆斯影响，风格细腻精致，善于刻画内心感情和心理活动。——译者

一些背景，她从来不是按年代顺序而是根据联想加入这些背景的。对人物描写的成分很少，但作者不断地重复这些描写。

188　　　于是，可以说，《伊坦·弗洛美》的开头是绘画性的，而其余部分则是背景式和戏剧性的。华顿夫人的第一人称叙事者是一位工程师，他看到伊坦·弗洛美那血肉模糊的身体大吃一惊，他听到与弗洛美相识不深的公共马车驭手的谈话；注意到弗洛美为妻子弄来的专利药品（patent medicine）。逐渐地他对这个人有了更多的了解，他也领略了这里冬天的严酷；他还了解到尼德·黑尔太太比起马车驭手知道得更多，但是，她守口如瓶，这就造成了悬念；于是，他就自己去接近伊坦本人，他对乡村的凄凉景象也作了重点描述；最后，他自己也卷入了这幕悲剧。这就是这部小说前二十八页使用的经济而又平缓的手法，到了此时，这位无所不知的作者才悄悄地展开了故事的正文。

　　　小说中有一种时间上的跳跃，读者发现自己被带到了过去的年代，窥探着伊坦的秘密，分担他的情感。每当读者看到某些不常见的事情，作者就要插入一些解释，譬如，在第29页上，关于他参加一个技术训练班的事。小说在第2页就第一次提到了他撞车的情况，读者一直记在心里，因此，当伊坦从教堂出来走到雪橇场上的时候，人们就担心他随时都有被雪橇撞倒的危险。一方面，小说从头到尾都是按照伊坦的观点发展着，但是，作者有时也作一些技术性转换，转向外面的事情为读者提供某些便利。读者随着伊坦一起观看教堂里的舞会，但是，他知道的肯定比伊坦从这里看到的还要多，他知道了某些参加舞会的人的背景，比如，野心勃勃的杂货商的儿子艾迪；刚刚来到弗洛美农场的马蒂·塞尔维尔，艾迪每次

189　都有从舞会上护送她回家的习惯，以及他对她的爱慕。在第38页上，有一段描写了弗洛美注视着马蒂的情景，这时我们还可以看到在他精神世界中出现的情景。其中有一句话，就像电影的结尾："当她向舞伴们抬起脸的时候，这张脸还是像她仰望着他的那个样子，就像一张映入落日的窗子。"当弗洛美的妻子对马蒂做的家务表示不满，并且暗示可能要把她嫁

给正和她一起跳舞的艾迪时，作者再一次向我们展开了弗洛美的思想。然后，我们的注意力又从弗洛美的精神世界被转移到他所看到和听到的东西上：即马蒂与艾迪的事。当马蒂一人来到教堂外面时，我们又看到弗洛美的思想。我们随他一起观看世界，我们也走入了他的内心世界。还有，关于雪橇险些撞到大榆树上的描述也一直让我们为他的车祸担心。当这两个人回到家里时，这里又是一场吵闹，他的妻子珍纳让他们进来，但是手里拿着一盏没有灯罩的灯站在那里注视着他们。

在第三章（第61页）我们又看到，在一个早晨，弗洛美在思念马蒂，此时，作者又以弗洛美的思想为形式把她来到农场的原因插了进来。此后作者又用了一页多的篇幅描述他的思想活动，直到第63页最后一段的第二个句子，作者在这里似乎介绍了马蒂家中的纠纷并说明了她来到斯塔克菲尔德的原因。在作者看来，一个男人的思想更多地是由象征、形象和片言只语来表达的，因为如果要让弗洛美自己来写自己的思想，他可能很难用书中表现的那种周密方式表达它们。但是，也许我们读到的仍然是弗洛美自己的思想，只不过由作者好心地把它翻译成合乎语法的形式了。无论如何，我们都可以明白地看到在第65页上，又有一段文字使弗洛美继续用自己的话概括地介绍了情境："伊坦心中反复地燃烧着一种欲望，希望看到马蒂公然起来反抗她，但他又对这种后果感到恐惧。"而且"伊坦……至少还可以想象家中的和平气氛。"甚至在这里，作者也不打算向我们描述弗洛美思想中真正使用的象征，而是小心地告诉我们弗洛美正在想着什么，而在前面的段落里，她是直接向读者提供背景而不是假手于弗洛美的。

190

在第66页上，又出现了一场戏，那是当珍纳准备离家看病时发生的。当伊坦冒失地告诉她，他雇了一个男人带她去乘火车，而他自己要去收一些卖木材的现款时，就为一场将要爆发的乱子埋下了导火索，因为他这样做有些反常。于是，作者又把伊坦的内心世界敞开了（见第72页），这时他正在思虑着晚上与马蒂单独待在一起的情景，他还回忆起母亲生病时珍纳来找他的旧事。我们还看到了他的外在行为（第79页）：他要求建筑商黑尔提前付款时的对话。虽然这个段落只有一部分是客观性的，但是，作者还是把黑尔和弗洛美突出出来了。随着弗洛美在村里办的其他事情，以及他回家与马蒂进行的谈话，作者进一步揭开了他的思想。

191　　珍纳有个从来不许人使用的腌菜碟，这次打破了（见第91页），这可是个不祥之兆。在第七章，当珍纳回到家里时，还有一场戏。作者在这里又一次展开了弗洛美的内心世界。在第八章，作者对弗洛美改建的一间书房进行了描写，然后，弗洛美就走进来，为读者思考起来。当马蒂第二天早上发现他在这里时，小说又出现了外在的活动，虽然读者仍然可以看到弗洛美内心世界中产生的一切影响。

　　当他打算向黑尔讨账时，我们的注意力全部转移到他的思想上来。后来他认识到他正在利用黑尔夫妇的同情以虚假的借口从他们那里骗钱，黑尔太太说了一些同情他的话，使他无言以对。他回到自己的农场去了，这时他的外在行为与他的思想平行地发展着。（见小说第156页。）

　　在影子湖（Shadow Pound），作者描述了伊坦和马蒂坐在一根圆木上野餐时的情景。他们互相回忆着这个小插曲，而外在的行为还在继续发展，同时也从侧面交代了伊坦的思想活动。

　　读了与大榆树相撞的描述，读者发现自己全神关注的就是伊坦是否能够苏醒。

　　于是小说进入了尾声，就像小说的开场白一样，这也是以第一人称的形式叙述的。经过故事内部严谨的发展之后，"我"又突然出现了，这不禁使人感到吃惊，因为我们几乎完全忘掉了这位第一人称的叙事者。但是，这位人格化的见证人使读者看到了厨房内部令人恐惧的情景。"当她向前走来的时候，弗洛美犹豫不决地站在她面前；然后看着我说：'这是我老婆，弗洛美太太'。过了一会儿他转向一位坐在扶手椅中的人，补充了一句，'这位是马蒂·塞尔维尔小姐……'"这真是一笔多余的讽刺，这样就使珍纳和马蒂交换了角色，因为现在马蒂变得爱发牢骚了，而这正

是弗洛美讨厌珍纳的地方。当故事真正结束以后，黑尔太太又提供了一个 *192*
消息，因为读者还是乐于听到这个消息，（尽管它在此时出现了）人们还
会谅解的。

　　这篇小说以其简洁的笔法和它为灾难到来进行的彻底而谨慎的铺垫而
著称。这使人想起了福楼拜的《包法利夫人》，在对小说技巧的评论中，
这部作品是必不可少的一个范例。但是，只要小说有兴趣，它的技巧与作
者的天生才干，与他的热情和趣味、同情心、想象力以及充沛的创造力相
比就微不足道了。重要的就是个性的品位。只有作者才能为他的人物、
为小说中的各种小事和整个故事赋予生命。作家的个性首先是通过他的
风格显现出来的。亚瑟·麦肯（Arthur Machen）在《梦的山》（*The Hill
of Dreams*） 中曾试图发现风格的秘密，他承认其中有一种不可磨灭的魅
力。他的主人公为了找到这种秘密，心中总是回味着爱伦·坡的小说令人
难忘的片断，通过对这些片断做实验，他发现往往更换一个字眼就会破坏
整个效果，但是，他也发现了《唐·吉诃德》的奇异光辉并未因为从一种
文字译成另一种文字而受到减损，就好像它与词句没有关系一样。于是，
这一切最终都可以解释为：风格乃是神秘个性的一个部分。斯蒂文森说
过："人是不完整的，但是，在他的文学作品中，他必须表现自己、表现
自己的观点和偏好，因为如果不这样表现自己就比陷于邪恶还要危险，这
样做肯定很不真实。"❶

　　认识到作家必须展现的就是自己的个性，当代的小说家似乎就可以 *193*
不再依靠写作小说的技巧了，他们认为尽最大努力把自己的内心生活写出
来就行了。在《小说写作技巧》中，鲁勃克把自传文学誉为正规的文学形
式，它的魅力就在于作者在缅怀往事的时候，自传文学能忠于作者曲折的
思路。他的下一部作品就是这类作品：《艾尔勒罕》（*Earlham*），其中
那个男孩子的回忆被一个男人的回忆掩盖了。情节、动作和对话全被删掉

❶ 见《文学的职业道德》，引自儒罗·瓦尔特尔·布朗编辑的《作家的艺术》。

了，因为它们太粗俗不能用来揭示内在的自我。亨利·詹姆斯也有这种看法，在他看来唯一有趣的戏剧就是关于意识的戏剧；然而就是詹姆斯也在各部分之间进行平衡，也需要一种能导致明确结局的冲突。但是，在新型小说中，作者只是为了写出个性而直言不讳地写出了自己的个性。新的主观性小说与平常的自传文学之间的区别就在于对前者来说，外在事件是无关紧要的，作者的感觉和意念就是一切。

　　曾经有一种说法：每个人至少能写一部长篇小说。而现在我们应该说：每个小说家只能写一部长篇小说，这就是关于他自己生活的故事。

第十一章

新型小说

"过去的文学与我们今日生活的广阔性、多样性，与它的贮藏、资源以及它的再生能力是不相称的。过去文学表现的是比我们的生活更粗野、更严峻的生活。那时的爱情和仇恨都比现在更天真，那时的人们很快就会衰老，他们的寿命也比我们短暂。那时候，寡居的人与孤立的事件占了大多数，现在就不是这样了。现代人的范围扩大了，寿命延长了，因此他们越来越多地从紧张转向了谅解。"❶人们需要一种表现目前生活的文学，用以表现社会重建工作的实际情况，而这种文学正在出现。其中最引人注目的事就是它的自我意识。里贝伽·韦斯特小姐（Miss Rebecca West）就是这样进行解释的。❷在维多利亚❸时代，社会上存在的是大家庭和小社团，而现代社会，由于工业和社会的变革，出现了小家庭和大社团。在维多利亚时代，生活主要是家庭事务，而现代人则不得不"独自谋生"。很明显，一个家庭有十个子女，每个子女只能得到十分之一的照顾，比起现在的独生子女

---

❶ 威尔斯：《热情的朋友们》，第359页。
❷ 1925年12月5日在芝加哥妇女俱乐部的讲演。
❸ 英国女王，1837～1901年在位。——译者

195　　来他们对自己的重要性就不那么注意。另外，当现代社会的儿童走出家门时，他不是寄居在这个或那个小的社团中，而是面对着一个巨大的非个人性的世界。由于受到迫使他退缩的成人世界的非个人性的刺激，他增强了儿童时代以自我为中心的自我意识。因此，像拜伦和雪莱那样具有自己精神生命的人再也不是凤毛麟角了，诗歌的素材已经成为散文的普通话题。

　　韦斯特指出，如果你告诉托马斯·哈代，你喜欢他的《德伯家的苔丝》或《无名的裘德》，他会失望地回答你："啊，是这样？但是，你应该读一读我的诗，一个人要表现一些事物用诗歌要比用小说好得多。"因为小说仍像他三十年前停笔不再写小说时一样 ❶，不适于表达诗的情绪。一个诗人在感情达到高峰时，可以写作一首颂歌，而把在这高峰以前或以后出现的东西省略，但是一位小说家要与一个整个家庭打交道，就不能这样做。他不能脱离人物的家庭来处理这个人物。即使在海洋小说中，就像马利亚特 ❷ 的小说一样，其中的主人公也要从一个家庭走出来，其中每个成员都是一个人物，而且，这个主人公最终还要回到家里，小说还要再进行一番描述以说明在主人公出海期间，这个家庭都做了些什么事。维多利亚时代人的雕像并不是属于他个人的，而是根据他的家庭或他在世界上的地位为他塑造的。韦斯特继续指出，这样一来，那时乡绅的马车夫在村庄里也是个引人注意的人物，因为他的工作是独一无二的；但是，芝加哥的汽车司机就无法从他的工作中享受什么独特性了，因为他像别的司机一样也是群体中的一员。在今天，职业随着一切外在的事物一起作为个性的源泉已经枯竭。乔治·艾略特可以围绕着一个住在伦敦的犹太人写成她的小说

196

---

❶ 此书初版于1928年，哈代最后一部小说作于1896年，即《无名的裘德》。—— 译者
❷ 马利亚特（Frederick Marryat, 1792～1848），英国冒险小说作家，曾任英国海军上校，专为儿童写作，作品有《弥德施普曼先生散文》（1836）、《新森林地区的孩子们》（1847）。——译者

《但尼尔·狄隆达》（*Daniel Deronda*），但是，今天一个城市里住了这么多犹太人，以至人们很难认出谁是犹太人，而且，由于他们社会地位的特征已经消失，人们只能像对待普通人一样把他们当作个人来看待。

现在，个人是以个人身份而不是以家庭、种族或任何固定社团成员的身份出现的。当代小说的主人公不是那种别人可以在这种或那种职业中找到的人物，而是只能由他本人看到的内在自我，这取决于他对自己存在的自我意识，他从别人那里吸收了姿势、理念以及整个角色，但是把它们贮存在自己的胸中，并且只有他才能在这里对它们进行思索并使它们变成自己的东西，这就像一个人研究别人的著作直到把它全部吸收一样。一个人走向世界就像一只小鸟去寻找几缕马鬃、几根干草或几段绳子，然后回到家中编造自己的巢臼。他对自身进行了周密的思索，这就如同一只狗在一块地毯上周旋一样，他也像这只狗一样理解到即使是最华丽的地毯也不能用来做个窝，除非它俯在草地上躲开了同伴并把自己关闭在由幻想构成的天地中。正是这个生活在自我意识中的自我才构成了新型小说的主题，自我的形式适合于新型小说，这种形式往往省却了情节和动作，有时甚至还省却了对话，这种形式是主观性的，往往是粗略的，没有完成的，但是普鲁斯特用这种技巧却做出了最周密的分析和表现，揭示了自我的最深层次，揭示了它内在的服饰，以及这个人所独具的气质。有意义的是，主张自我意识的普鲁斯特几乎取代了非个人性的福楼拜而成为法国小说风格的主宰。

197

尽管美国的某些地区在一段时间内仍将出现家庭小说（the family novel），就如赫伯特·奎克（Herbert Quick）和微拉·凯泽（Willa Cather）的小说一样，但是，美国文学的中心兴趣还是个人，还是心理学，它们有时从观察和自省中得到了最坚决的支持，有时又把精神分析学最激进的观点当作基础，就像D. H. 劳伦斯的小说一样。韦斯特还指出，我们这个时代在心理学中的进展就如同左拉那个时代在生物学中的进展一样。任何事物都对它抱着期望。从前，当人们根据行动对人们做出天真判断的时候，小说中就充满了行动；当人们认为能够通过对话表现自己的时候，小说中就插入了大量的对话。但是，现在人们认为，真正的自我由于被潜意识埋没了，很少能通过人们的行动和语言来表现。"试图对人们做出概括是没有用途的。人们必须跟踪的是一些暗示，而不是人们确凿表达的语言，也不是人们的全部行动。"❶结果，在新型小说中，行动大多数都被省略了，对话也被省略了。潜意识只有在过去才能被显示出来。人们强调的不是现在而是能唤起潜意识的过去，就如里贝伽·韦斯特的《法官》（*The Judge*）一样。事件就是由过去的联想引申出来的东西。在《法官》中，事件的描述仅限于使思想得以展开的程度，而现在的思想总是在它们唤起的对过去更深刻的思想面前消退下去。正如"每个母亲都是为了父亲的罪孽而审判子女的法官"一样，生活的每个时刻要接受过去的时光的审判。

　　我们生活在过去之中。只有回忆才能使生活焕发它的意义；因此，我们要回顾过去，而我们现在的自我则是一个必须放弃的盐柱。普鲁斯特说，在目前的经历中，我们只能暴露灵魂的消极部分；而在日后才能使其发展。过去是我们唯一可以生活的地方，是我们唯一可以找到我们所寻求的自我的地方。康拉德那些抑郁低沉的小说就是一个例证。某些现在的事物搅扰了心灵，而心灵又搅扰了记忆。比如，在《流浪者》（*The Rover*）中，就不止一次地出现过这种情景。一个对象完全是用现在时态叙述的，但是，这个句子渐渐地变成了并且最后完全变成了过去时态。比如，"培鲁尔起床后打开了一个用一把巨锁锁住的檀木柜，同时，东京湾的一个中国人聚居地，在科斯特兄弟公司聚集了一些惯盗，他们夜间登上了一艘葡萄牙的纵帆船，然后把水手放到小船上漂走了，许多许多年以前他们就到处漂泊了。"接着他又写道："他擦着刮脸刀片（一盒中装有一打，这是其中的一片），脑子中闪过一幅景象：光灿灿灰蒙蒙的大海，英吉利大商船

198

---

❶ 弗吉尼亚·吴尔夫：《雅各的房间》，第46页。

（与印度人做生意）的帆桁向各方向打开了，船上的帆蓬松膨胀起来，下面是被血弄污了的甲板，一群私掠船的水手到处乱跑，远在天边的锡兰岛膨胀得就像一片淡蓝的云朵。"❶

我们与这个老培鲁尔很相似，他虽然住在安静的乡村里，但他的生活却充满了浪漫的回忆。我们的自我不是罩在衣服下面的提灯眼睛，就如某些人解释斯蒂文森的《打灯笼的人》（Lantern Bearers）时所说的一样，它是罩在我们穿惯了的旧衣服下面的提灯。我们并不能在道德成就中发现我们的自我，就如费希特发现的那样，我们也不能在艺术创造中发现它，就如谢林做的那样；同样，我们也不能在理性的发展中找到它，就如黑格尔在那里找到它一样；但是，在记忆中我们才能找到我们的自我，记忆可以以特殊的"热情和亲切"触摸到我们曾经做过的一切，威廉·詹姆斯认为记忆就是自我的印记。在追求新的经历以丰富我们的意识时，我们向前寻找我们在过去中会得到的自我。将来的自我是永远无法得到的；现在的自我又是无法把握的。期望在于过去。当我们向前寻找自我时，我们的方向就是过去的所为。

小家庭使人们从一开始就对自己的个性保持着强烈的意识。但是，世界的非个人性和冷漠以及那个使他们仍然保持着强烈自我意识和自我关切（self-solicitous）的非我（Not-I）却使他们心寒意冷。但是，除了过去，人的自我还有什么呢？除了在记忆中，他还能用什么东西掩盖和保护它呢？自我之所以存在于过去是因为它是由一个人所曾吸收的角色构成的。当我们问一个人是谁的时候，我们希望了解的就是他过去的身份和行为。如果我们知道了他是一个律师，这就意味着他曾经是个律师。如果我们知道他是个跑步运动员，那只是因为他曾经跑过步。我们的现在就是我们的过去。也许在一个人的现在与过去之间有一条影线（shadow-line），

199

❶ 约瑟夫·康拉德：《流浪者》，第36页，第232页。

但是，当他尚未跨过这条线的时候他或其他人都不会看到这条影线。发展一个人的个性就是取得那些只能从经验中、从过去中得到的反映和习惯。我们目前需要的总是一个过去。如果真有一些即使是婴儿也能应付的情境（这种情况很少），那也是因为他有了有限的经历。有时老人也会变得像个小孩子，那是因为他失去了他的过去——"他再也不像过去那样了。"一个自我就是过去，一个拥有完整的自我的人就是他过去的全部总和。

小说家越来越多地写作自己的经历其原因就在这里。如果自我在目前对别人是掩蔽着的，而在过去它又是被埋藏着的，那么，人们就既不能用行动也不能用语言来表现它，于是小说家唯一有权加以了解的自我就是他自己的自我。从前小说中的人物代表的是一些阶级和制度。在新型小说中，没有什么"人物"，但是，往往有一些独立的个人。他不是根据出身和职业安置的，因为这些东西是不会令人感兴趣的；最重要的是他的自我意识。社会的一切权威和外在限制都要被带到个人意识的法庭上接受审讯。其中要讯问的一个问题就是，当一个人为了实现自我而做出神圣努力时，其他的东西对个人是帮助还是阻碍，人们会毫不犹豫地做出相应的判决。

高尔斯华绥感兴趣的是法律和财产的民主化；威尔斯关心的是教育的民主化；但是，他们以及其他当代小说家描写的主要还是爱情生活的自由。政治学和经济学对个人的影响是遥远的，尽管现在政治和经济的崛起正在使个人不能不更多地关注它们。但是，即使政治和经济已经使个人感到恼怒和恐惧，他仍然要转向任何能使他沉湎于爱情的地方。只有在爱情中，他才有希望找到生命和他本人的含义。只有通过爱情，他才有希望跳出过去自我的狭隘而升华为他将要达到的辉煌自我。但是，小说家却在这里敲响了警钟。他们指出，爱情经常使那些对它抱有奢望的人感到失望。爱情使这些人严重地脱离了自我，使他们迷惘，以至消逝于无形。最后他们被迫退回到原来的自我之中，把过去作为他能够把握的唯一现实来进行思考。尽管离开经验，他就无法得到一个以过去为基础的自我，但是，小

200

201

说家还是强调爱情是经验中的重点。可是对女人来说，男人的爱情并不是唯一的事情。

真正重要的是对生活的爱，是青春的信仰，青春的信仰就是：生活对于所有敏感的人，对所有能在灰色陈规下面看到和感到一种当人们成长时就会超越旧有习俗的新趋势的人是热情和激烈的。小说家以诗人的全部激情对在一个无聊的充满事实的世界中的成长和长期生活表示了反抗。大多数人随着步入青春期都丢掉了自己的梦想。他们哀叹着放弃了自己的梦想而变为受人尊敬的市民和纳税人。

> 无论如何，不管是一个大学生，还是一个商店学徒，是男人还是女人，到了二十岁的时候，他们都会感到大吃一惊：成人的世界竟以这样黑暗的轮廓迅速地出现在自己的生活中；出现在现实中；出现在沼泽和拜伦的诗篇中；出现在大海和灯塔中……甚至在那种令青春感到难以忍耐的固执信念（"我就是我，我希望永远如此"）中也离不开这个轮廓了……每当他星期天在外面用餐——在聚餐会和茶点会上的时候，他都会同样感到大吃一惊、感到恐惧、感到不舒服，最后也感到快乐，因为在河岸散步时，他迈出的每一步都会使他从周围的世界、从随风摇曳的树木、从灰色尘埃幻化为蓝色的云朵，从空气中似有若无的声响、从五月春天般的气息中吸收了一种坚定的自信、一种信念。❶

约瑟夫·康拉德的《青春》（*Youth*）、凯瑟琳·曼斯菲尔德的《前奏》（*Prelude*）都跳动着青春的信念：人生就是一次惊人的冒险。克里斯托弗·莫尔利的《左边的雷声》（*Thunder on the left*）则描写了"老年

---

❶ 弗吉尼亚·吴尔夫：《雅各的房间》，第55页。

世界"是如何在大多数人的心灵中建造的。许多人彻底地"成熟"了，他们甚至不知道自己丢失的是什么，但是，他们许多人感到了苦闷和失望。生活并不像他们期待的那样；他们没有得到他们寻找的东西。正如吴尔夫夫人在《雅各的房间》（*Jacob's Room*）中所说，他们翻阅了千百本的书籍，从一幅插图到另一幅插图，从人生的这一幕到另一幕，他们寻找和搜索的是什么呢？他们互相之间谁也不肯承认，他们追求的就是浪漫和美。这颇有些唐·吉诃德式的味道。尽管他们口头上很少谈论它，但是，他们一直在报纸上、在电影中、在戏剧中，在小说中寻找着它。有些人甚至在与世隔绝时独立地发现了它。于是，他们可以写作自己的小说了。

假如生活是经过适当安排的，那么，就不会出现这种暗中的摸索和白日梦境了。但是，实际上，每个人最有趣的部分在大部分时间内还只有他自己能够了解。谁也不会把自己的思想讲出来，除非他感受到大海和星空的魅力，偶然地对着夜幕讲述了内心的隐秘。然而，当人们这种内心的生活出现在文字和银幕上的时候，它就再也不是深藏的秘密了。也许终有一天人们能克服沉默和隔绝。因为，自我毕竟是社会性的。那么，为什么不让它走向社会呢？

这也许是因为：一方面自我来自于与他人的交往，一方面如果与他人接触过多，人们又会失去自我。为了建造个性，保持一定程度的克制还是必要的。如果处处都显露了自我，它也就消散幻化了。人们必须以沉默寡言的方式在他人面前缓慢地建造、贮藏和保护他们的自我。人们使用语言的目的在于掩饰自己的思想（*La Parole a été donnée à l'homme pour cacher sa pensée*）。

然而，在外部与内在生活的两极之间也还存在一种折中。要在现代城市中找到这种折中是极为容易的，现代城市既为人们提供了社交的机会也为人们提供了与世隔绝的机会。❶在农村社会中，一个人是不能离开别人以及别人对他的看法而生活的。但是，在城市中，当他离开工作岗位后，任何人都不需要再了解他；他完全可以不受干扰地过他内在自我中的私生活。如果他愿意的话，他甚至可以做一个哲学家。❷

这就是新型小说的情调。由于城市生活中强制性的个人主义以及物质和大多数社会接触中的不如意，这也许仅仅是一种情调而已。无论是在工作中还是游戏中，由于它们的标准化和机械性，个人都很难找到表现的机会。唯一能进行表现的地方只存在于每个人自己的胸中。如果他所在的整个城市都像自然荒野一样冷漠无情，那么，他肯定会像笛卡尔对待自然一样来对待它，以自己的精神为它们赋予个性和生命，以自己生活的奇迹使街市充满神奇的色彩。

当个人独处幽居之时，他必须自己来开辟生活。只有躲进自己的房间，他才能在周围世界、在工业、科学和自己叫不出姓名的邻居的非个人世界中找到一点安慰。他必须到他的内心世界中寻找慰藉。他必须为了自己并且依赖自己来面对人生，他必须承认日常接触的人只是泛泛之交，只有在爱情中人们才能深刻相知，但是，最后，他们还要被迫回到自我。新型小说告诉人们，当人们孤独的时候，他才会真正地感到孤独，它还告诉人们，在社会中人们会失去自我，而社会却能存在于自我之中。要在世界上获得自我，就必须把世界容入自我。人生的秘密就是社会性的孤独。因

---

❶ 参阅斯汤达：《红与黑》第一卷，第228页。"我正在从法国具有的地方特色中寻找孤独和淳朴的和平，站在五层楼上眺望香榭丽舍大街。"

❷ 笛卡尔在阿姆斯特丹这样描写了他的旅居：一个乡村住宅无论具有多么良好的位置，它总是缺少许多只能在城市中找到的便利，在这里绝对找不到人们所期望的那种孤独。……而在（我正住着的）这座大城市里，除了我一人之外，没有任何人不在为生计奔劳，每个人都在孜孜为利地生活着，甚至在我一生中都不会有人来看我。我每天都到一条大街的喧闹人群中去自由地、宁静地散步，那情景就如你在花园甬道上散步一样，对我来说，我所看到的人就如你在林间遇到的树木或放牧在那里的牛羊，那嘈杂的城市就如小溪的潺潺水声一样，并不曾打断我的遐想。（引自J.P.马哈菲：《笛卡尔》，第50页，第51页）

此，在里贝伽·韦斯特的小说《法官》中，幸福是在理智和对美的欣赏中找到的；而在纷繁的，令人失望的人际关系中只能找到悲痛："一个人只能从事物而不是从人物中去寻求安慰。"多萝西·理查森的小说《旋转的光线》中的女主人公就是新型小说中的典型：她把孤独、把那种可以与物体交谈的沉默看得高于一切。

这种观点似乎有些令人沮丧和失望。人们可能会感慨地说，这样一来，艺术就落后于思想而不能引导思想了，因为，现在小说家似乎只是在令人动情地表达上一个世纪的科学和哲学观点而已，上一世纪的科学和哲学是机械的，是以笛卡尔的精神进行分析的，它把世界分成了无数永远互相摩擦的物质微粒，但它们绝不会互相结合或过密地混合。根据这种哲学来看，人类本身就是一种机械，他们是一种自动装置；如果说他们具有灵魂的话，那么这些灵魂也是封闭在松果腺中，与他们自己的身体、与他们身体在其中活动着的世界并无关系。每个个人都陷入了唯我论，而只有靠了上帝的帮助，他才能从唯我论解脱出来，但是，由于科学和哲学打破了笛卡尔关于上帝的证明，上帝也被排除了。许多现代小说似乎都把个人遗弃在这种令人遗憾的孤独中了，但是，有些迹象表明这种情况正在发生变化。弗吉尼亚·吴尔夫在她的小说《远航》（*The Voyage Out*）中就指出现代生活的祸根就在于沉默与孤独。在许多最杰出的作家手中，新型小说是与最现代化的科学和最现代化的哲学一致的，后者告诉人们，在解释世界的时候有机体的概念比起机械论的概念取得的成果要多得多。❶现在科学教导我们综合比分析更为重要，当我们把世界分解为各个元素时，世界就无法理解了，因为我们已经破坏了它；它还教导说，世界上没有最后的元素，在这一切下面还有生命本身的持久和综合的力量。正在与生物学携手共同前进的进化论哲学也教导我们，每个生物不是互相排斥、也不是与世

---

❶ 怀特海：《科学与现代世界》。

界隔绝的，而是在本质上与所有生物统一的。这种统一与和谐的感觉就是新型小说正确理解的精神。如果说表面的接触仍然受到人们的反对，那是 *206* 因为它们与所有生物的潜在统一比较起来不过是轻微而琐碎的；然而，这并不是说任何真实的接触都是不可能的。

　　比较陈旧的小说形式正在被人们遗弃，但这并不是出于对杂乱和无形式的兴趣，而是出于这种信念：生活是如此生机勃勃，它的各种表现都经过了有机的组织，以至于任何外来的形式都成了多余的废物。新型的小说家有一种信念：如果他真诚地表现了自己，那么，他的作品就将具有一种内在统一的意识，这比起通过任何文学手段人为加上的统一更能首尾贯通。詹姆斯·乔伊斯在这方面是最有冒险精神的，他的长篇小说《尤利西斯》就证明了对生命统一性的信念。这部小说也并不像那些缺乏耐心读它的人看起来的那样是一团混乱。尽管它蔑视文学现有的一切手段，这部小说还是前后呼应的，它凭着自己的内聚力统一起来。乔伊斯让生活去统一他的小说，正如生活把有意识的时光统一起来一样，而不用依靠情节和技巧。就像生活一样，这部小说简简单单形成了，发展了，每个事件都是从其他事引申出来的，其本身又引出了其他事件，因此，小说中就出现一种彻底的连续。乔伊斯并不像许多小说家那样教导我们：人必须独居室内才能拥有自己的灵魂。那些小说家小心翼翼地保护着生活的内在和谐唯恐外部的涣散会使他们失去与这种和谐的联系。乔伊斯更坚定地相信没有任何东西能够干扰内在的和谐，任何东西都有助于这种和谐。对他来说，任何东西都不是表面的，都不是首尾脱节的。他的态度是友善和乐天的，就如 *207* 马洛 ❶ 和莎士比亚以及过去其他胸襟伟大的艺术家一样，他们都不惧怕生命和爱情。他没有假装认为全部生活都是可爱的，不过他相信应该揭示生

---

❶ 马洛（Christopher Marlowe，1564～1593），英国戏剧家、诗人。马洛对英国戏剧发展的贡献在于他革新了中世纪戏剧，在舞台上创造了巨人性格。他的作品热情奔放，但结构松散，打破了悲、喜剧的界限，他不仅为莎士比亚铺平了道路，他本人在英国文学中也是一枝奇葩。——译者

活、面对生活，甚至应该深入生活中的白日梦境和幻想的幽深之处。

在报纸上、在银幕上、在小说中，意识的伪装被剥去了，我们可以直接看到心灵的秘密，梅德先生指出：

> 我愿意再次谈一谈报刊和电影投射给我们的这种人类幻想的混沌现象。我们习惯于把它当作纯属个人的私事，但是，詹姆斯·乔伊斯的《尤利西斯》也许比任何文学都更令人厌恶地表现了个人的理念、目的和想象的杂乱与曲折。诚然，它受到隐私的影响，因而遭到了瓦解。但是，它变成了公共话语与集体行动的普遍含义，从中又产生了普遍美的形式，产生了发明者的直觉、科学家的假设以及艺术家的创作。它就是人类内心生活的一部分，而由于社会组织的不完备，人类还无法表达自己含蓄的思想。它标志着人类在社会中的孤独。当报纸和电影剥去了它的隐私时，我们曾经对它进行诋毁，认为这是粗野。然而，我们最好还是带着我们的问题去生活而不要忽视它们。❶

处理问题的第一步就是对它采取一种审美态度，就是思索其中包括的价值；而小说在我们社会中的功能就是有利于对社会问题采取这一态度。艾尔文·爱德曼（Irwin Edman）的《理查德·凯恩观察生活》（*Richard Kane Looks at Life*）就是当代从教育、旅游、商业、道德、婚姻、新闻、艺术、政治学，以及宗教中一个接一个吸取价值的那种小说的典范。小说没有结论，但这些问题的各个侧面都从情感的角度得到了表现，因而不可避免地要对它们进行反思。当然，现在一般纯粹浪漫和神秘题材的小说仍然在泛滥，它们转移和分散了人们对困难的关切；同时这里也有大量以

208

---

❶ 乔治·梅德：《审美经验的本质》，见《国际伦理学杂志》，第34卷，第4期（1926年7月号）。

伤感的情绪对待严肃问题的废话，不断地重复着对这些问题的陈腐态度和姿态，其实这对有理解力的人毫无补益。但是，真正新型的小说既不会试图把我们从生活的困窘中引开，也不会以老生常谈的答案安慰我们。它们并不妄想依靠高等学府或一次欧洲旅行就能解决教育问题，也不妄想商业上的成功就是人生的胜利，它们也不会把婚姻作为爱情问题的解决，或者把教堂当作对宗教问题的回答。它们以变动的标准承认了一个变化着的世界，它们还坦率地提出问题：什么是希望的迹象？它们也指出了地平线上正在升起的危险和期望。

这些小说表明了社会的重建是怎样通过个人变化达到的。这样一来，当代小说家们使用的往往是内省和主观性的方法就增加了一层深远的社会意义。普鲁斯特以自我、以自己的记忆、感觉和理念作为他题材的中心；但是，他的自我也包括了巴黎和当代文明的精髓。他的作品提取了当代生活的精华；我们在任何地方所看到的，所寻找的东西，都可以从他身上得到。阅读普鲁斯特的小说就会感觉到人的情感和理智的敏锐性是如此精细，甚至会产生一种大彻大悟的幻觉；同时，人们还会发现自己周围存在着一个可以任凭大彻大悟驰骋的微妙世界。他的作品就是对如何发展和表达敏感和无所不容的自我这一问题的最完美答案。*209*

当然它仅仅是一种答案而且并不能解决一切人的问题。对某个小说家的偏爱取决于个人的性格，反过来，他所偏爱的小说家也决定了他的性格。人们总是读他们喜欢读的作品，同时他们也爱上了自己所读的作品，但是，也许没有任何人能够永远满足于一个作家，因为个性就在于吸收新的态度并使之融合为一体。某些人之所以写作并阅读小说，其原因就是他们感到有些东西要表达而这些东西又是从来没有人表达过的；他们阅读了所有作家的书也不能得到满足，就如其他人阅读一位作家的书不能得到满足一样。小说的创作永远也不会停止，因为读者就是作家写作的动力。人们把对待小说情节的审美态度也带到生活中去了。如果一部小说能以高超的技巧表现偶然的小事或日常生活的景象，它也会打动读者的心灵；而从这时起，他就认识到（或只要他能想起来），世界上没有任何东西是偶然和平凡的！于是，他再也不能沉默地把这些东西据为己有了；他必须寻求表现，这一任务是艰巨的也是势不可挡的，表现它们的唯一方法就是通过艺术，而只有文学才是大多数人能接受的一种艺术，尽管它也是最难掌握的艺术。他可能会把自己的见闻告诉朋友，也许就像他津津有味阅读的一
210 部小说，因为这就是他曾读过的一部新型小说，这比托尔斯泰、陀斯妥耶夫斯基或普鲁斯特的小说都更伟大！但是，还没有人把它翻译成英语或人类使用的任何其他语言；也许它根本就没写成文字，除了他本人之外任何人都绝对不能把它们写作出来，因为这部小说就是他自己，而且，无论这一过程多么痛苦，他都必须把它付诸实践，否则就会死不瞑目。然而，当它这样写作出来以后，也许在别人甚至在他自己看来都是十分平淡的。但这并不是他的理想；这是一次失败。他会叹息一声又转向了人生，而这才是他的小说，它比以往更加黑暗也更加清澈，超出了文字的界限，呼唤着人们来写作它们！

【索引】